U0090963

古典文學研究輯刊

二三編

曾永義 主編

第21冊

石麟文集（第六卷）：文言小說與話本小說面面觀（上）

石 麟 著

國家圖書館出版品預行編目資料

石麟文集（第六卷）：文言小說與話本小說面面觀（上）／石麟 著 -- 初版 -- 新北市：花木蘭文化事業有限公司，2021〔民 110〕

目 2+148 面；19×26 公分

（古典文學研究輯刊　二三編；第 21 冊）

ISBN 978-986-518-360-8（精裝）

1. 中國小說 2. 中國文學史 3. 文學評論

820.8　　110000436

ISBN-978-986-518-360-8

古典文學研究輯刊

二三編　第二一冊　　ISBN：978-986-518-360-8

石麟文集（第六卷）：文言小說與話本小說面面觀（上）

作　　者　石　麟

主　　編　曾永義

總 編 輯　杜潔祥

副總編輯　楊嘉樂

編　　輯　許郁翎、張雅淋　美術編輯　陳逸婷

出　　版　花木蘭文化事業有限公司

發 行 人　高小娟

聯絡地址　235 新北市中和區中安街七二號十三樓

電話：02-2923-1455／傳真：02-2923-1452

網　　址　http://www.huamulan.tw 信箱 service@huamulans.com

印　　刷　普羅文化出版廣告事業

初　　版　2021 年 3 月

全書字數　236639 字

定　　價　二三編 31 冊（精裝）台幣 82,000 元　

石麟文集（第六卷）：
文言小說與話本小說面面觀（上）

石麟　著

作者簡介

石麟，1953 年出生於湖北省黃石市。曾任湖北師範大學文學院教授，中南民族大學文學院教授，現為湖北大學客座教授。同時擔任中國《水滸》學會會長，中國《三國演義》學會副會長，中國散曲學會理事，湖北省屬高校跨世紀學科帶頭人，湖北省有突出貢獻中青年專家。先後出版專著《章回小說通論》《話本小說通論》《中國傳統文化概說》《中國古代小說批評概說》《說部門談》《稼稗兼收》《李攀龍與後七子》《野乘瑣言》《傳奇小說通論》《通俗文娛體育論》《中華文化概論》《從「三國」到「紅樓」》《閒書謎趣》《中國古代小說評點派研究》《稗史迷蹤》《石麟論文自選集·戲曲詩文卷》《中國古代小說文本史》《從唐傳奇到紅樓夢》《古代小說與民歌時調解析》《石麟文集類編》（五卷本）《中國古代小說批評史的多角度觀照》《施耐庵與〈水滸傳〉》《俗話潛流》二十三部，與人合著《明詩選注》《金元詩三百首》二書，主編教材三套，參編參撰書籍十種，撰寫《中華活頁文選》六期，並在《文學遺產》《明清小說研究》《戲劇》《古代文學理論研究》《藝術百家》《文史知識》《中國文學研究》《中華文化論壇》等刊物上發表學術論文二百二十多篇。

提　要

章回小說而外，小說史上最重要的品種就是文言小說與話本小說。文言小說反映的是文人趣味，從選題立意到佈局謀篇，再到人物塑造、情節設置、遣詞造句，都是「小眾化」的高雅。話本小說則是大眾趣味的表現，上述各方面都顯得通俗、明快，尤為廣大市民所欣賞，因為它原本就來自市井說話藝術。然而，文言小說與話本小說卻都不是一成不變的。文言小說自宋以後，尤其在明代發生了較大的變化，漸次向通俗小說靠攏，並在題材、手法等方面影響了章回小說。話本小說則在晚明以降逐漸典雅，成為文人情趣與市井趣味相結合的產物。本冊近二十個長篇和十多個短製，主要討論的就是以上問題。

目次

上冊

下　冊

一子兼祧二宗
——「傳奇」與「傳記」「志怪」

「傳奇」，從古到今都可以對讀者說：「妾身未分明。」

從文體學的角度看問題，「傳奇」可以指一種文言小說，也可以作為小說話本或諸宮調中的一類，還可以指一種古典戲曲形式。我們這裡所說的「傳奇」，指的是傳奇小說而不是其他。

就目前所知，最早被稱為「傳奇」的小說作品是唐代元稹的《鶯鶯傳》。宋代曾慥編《類說》一書，卷二十八《異聞集》中收有《鶯鶯傳》，題目就作《傳奇》。同樣是宋代的趙德麟在《侯鯖錄》卷五中引王性之《傳奇辯證》，文中八次稱《鶯鶯傳》為「傳奇」，如「則所謂傳奇者，蓋微之自敘」云云。而趙德麟自己也在《元微之崔鶯鶯商調蝶戀花鼓子詞》中劈頭就說：「夫傳奇者，唐人元微之所述也。」可見，《傳奇》乃是《鶯鶯傳》的原名或別稱。再往後，晚唐作家裴鉶則將自己的小說集命名為《傳奇》，這大概是一本書叫做「傳奇」的最早例證。

至於將「傳奇」作為一種文體的稱謂，目前所知最早的材料有兩條，而且說的都是同一件事，但那不過是一種帶有貶義的「戲稱」，並非正式的文體辨義。一條是北宋畢仲詢《幕府燕閒錄》中所載：「范文正公作《岳陽樓記》，為世所貴。尹師魯讀之曰：『此傳奇體也。』」另一條是北宋陳師道《後山詩話》所載：「范文正公為《岳陽樓記》，用對語說時景，世以為奇，尹師魯讀之曰：『傳奇體耳。』《傳奇》，唐裴鉶所著小說也。」范文正公即范仲淹，尹師魯即北宋古文大家尹洙。從文體學的角度看，范仲淹的《岳陽樓記》絕不是一篇小說，為什麼尹洙要說它是「傳奇體」呢？對此，畢仲詢只是記載，未作解釋。而陳師道則解釋為「用對語說時景」，並坐實此處的「傳奇體」乃是指裴鉶的《傳奇》。在這裡，陳師道的解釋和坐實其實很有些畫蛇添足。尹洙的話不過是從一個古文家的立場出發，對《岳陽樓記》這種帶「駢文」（對語）意味的作品的一種不滿的表示而已，並沒有說《岳陽樓記》就是一篇傳奇小說。當然，這種不滿的言辭也從反面證明了傳奇小說與正宗的「古文」是有很大區別的，至少在文辭上是追求華豔藻飾的。

真正將「傳奇」作為「文言小說」之一類進行表述者，目前所知最早的是南宋謝采伯。他在《密齋筆記序》中說自己所著「不猶愈於稗官小說傳奇志怪之流乎？」將「傳奇」與「志怪」並列，作為「稗官小說」的代表。稍後，元代的虞集也在其《道園學古錄》卷三十八中嘲笑唐代那些寫小說的文人：「蓋唐之才人，於經藝道學有見者少，徒知好為文辭，閑暇無所用心，輒想像幽怪遇合、才情怳惚之事作為詩章答問之意，傅會以為說，盍簪之次，各出行卷，以相娛玩，非必真有其事，謂之傳奇。元稹、白居易猶或為之，而況他乎？」這段話，除了將「傳奇」指作一種文言小說的「體裁」之外，還道出了傳奇小說的一大特點：「想像幽怪遇合、才情怳惚之事」，「非必真有其事」，亦即傳奇小說的「虛構」性。同時，也有人將傳奇視作「野史」之一類，如夏庭芝《青樓集志》云：「唐時有傳奇，皆文人所編，猶野史也，但資諧笑耳。」

南宋到元，人們還將「傳奇」作為小說話本的一個類別，與煙粉、靈怪等相併列。這在耐得翁《都城紀勝》、吳自牧《夢粱錄》、羅燁《醉翁談錄》等書中均有記載。這裡的「傳奇」一類，主要指的是那些描寫離奇曲折的男女情愛故事的作品，如《鶯鶯傳》《王魁負心》《章臺柳》《卓文君》《李亞仙》《崔護覓水》等等。從形式上講，這是文言小說與通俗話本相結合、相滲透的一種產物。當然，這裡有兩個問題值得我們注意：其一，此所謂「傳奇」，並非專指「文言小說」的一類。其二，此所謂「傳奇」，還只是從「題材」的角度劃分的一個小說類別，並未成為「體裁」上的一類。

當然，對古代小說從「體裁」上作區分時，也離不開「題材」方面的影響。如明代胡應麟是一位非常認真地對文言小說進行文體分類的學者，他一方面將文言小說分為「志怪」、「傳奇」、「雜錄」、「叢談」、「辨訂」、「箴規」六大類，另一方面又有對「志怪」與「傳奇」兩類作品難以明確區分的遺憾：

「至於志怪、傳奇，尤易出入，或一書之中，二事並載；一事之內，兩端具存。姑舉其重而已。」(《少室山房筆叢·九流緒論》下)

按照今天的文體學觀念，胡應麟所言六類中，最具小說意味的應該是傳奇，其次是志怪，其他四類基本上不能算作小說。胡氏所言「傳奇」「志怪」難以區分的苦衷，直到今天仍然困惑著許多文言小說的研究者。然而，大家又非常明白地認識到：傳奇與志怪之間是有很大區別的。那麼，傳奇與志怪之間究竟有何種關係？是否像過去不少學者所言，傳奇是由志怪發展演變過來的呢？

平心而論，傳奇作為一種小說形式，它的出現既不可能是天外飛來，也不會是拔地而起，而一定是受到多方面影響的。但在眾多的影響之中，最重要的應該是兩方面：「傳記」和「志怪」。傳奇之於傳記和志怪，是一子兼祧二宗。

何以謂之傳記？王充《論衡·對作》篇云：「聖人作經，賢者傳記。」「傳」本是「經」的附庸，如《左傳》之於《春秋》。後來，「傳」發展成為一種史學兼文學的形式——史傳，如《左傳》《史記》中的某些篇章都是其代表。在史傳中，尤以人物傳記最具文學性，故被稱之為「史傳文學」。而這種正史中的人物傳記又經過某些歷史學家、小說家或史家而兼小說家的文人介乎「歷史」與「小說」之間的改造性的創作之後，就出現了一些被稱之為「雜傳」的作品，如佚名的《穆天子傳》、劉向的《列女傳》《列仙傳》、陸賈的《楚漢春秋》、伶玄的《飛燕外傳》、趙曄的《吳越春秋》等等。而這種「雜傳」，其實就是「傳奇」之濫觴。故而胡應麟才會說：「《飛燕》，傳奇之首也。」這種說法是很有見地的。

雜傳對傳奇的影響是巨大的，甚至有人認為傳奇的「傳」應讀為「zhuàn」而不是「chuán」，傳奇乃是奇傳之意，是為奇人異事記錄立傳。

大體而言，雜傳對傳奇的影響主要在兩點：好奇和虛構。

其實，好奇和虛構之風早在真實人物傳記中就已形成。劉勰《文心雕龍·史傳》篇中說得很清楚：「俗皆愛奇，莫顧實理，傳聞而欲偉其事，錄遠而欲詳其跡。」這好奇與虛構，經過雜傳的演繹，愈演愈烈，終於使之從半歷史半文學的史傳文學中獨立出來，成為一種新的文學類型——傳奇小說。

我們千萬不要小看這「好奇」與「虛構」。對於中國古代小說的創作而言，「好奇」是一種內動力，而虛構則是一種外張力。如果缺乏這兩種力度，古代作家是寫不好小說的，或者他們根本就不會去寫真正意義上的「小說」。

對傳奇產生較大影響的另一種東西是「志怪」。所謂「志怪」，就是記載一些怪異事情的作品。它是以「記事」為主的，並不重視對「人」的描寫。「志怪」的主要源頭當是上古神話傳說，如《山海經》和一些史書、子書中的記載。其次要來源還有巫事、方術、宗教等方面。「好奇」，是志怪與傳奇所具有的共同品質，但志怪的「虛構」卻遠遠不及傳奇，因為那些「志怪」作家們大都認為他們所「志」之「怪」是真實存在的。正如干寶在《搜神記序》中所言：「若使採訪近世之事，苟有虛錯，願與先賢前儒分其譏謗。及其著述，亦足以發明神道之不誣也。」同時，志怪作者的手法也比較簡單，甚至可以說基本上沒有運用什麼藝術手段，而僅僅是將一些怪事「記」下來而已。缺乏想像力、缺乏虛構，當然也就導致了志怪作品篇幅的短小，「殘叢小語」而已。但志怪作品在「題材」方面對傳奇的影響卻是巨大的，那種關於碧落黃泉、仙山魔窟的種種「超現實」「超人間」的記載，永遠是傳奇小說創作的無比豐富的故事寶庫。

從嚴格的意義上講，「志怪」不能算作小說，而只能算「雜記」，因為它缺少虛構；同樣，「傳記」也不能算小說，而只能算「雜傳」，因為它畢竟還是歷史的附庸。但是，傳記和志怪卻影響了中國文學史上最早形成的真正意義上的小說——傳奇，並形成了唐代傳奇小說中最大的兩類：雜傳體傳奇和雜記體傳奇。而且，從寬泛的意義上講，在漢魏六朝的「雜傳」或「志怪」作品中，本身就包含了少量與傳奇小說極其相近似的作品，對此，我們可以稱之為「準傳奇」。

古人對傳奇小說的性質和特點曾經有一些判斷和說明。如宋代洪邁說：「唐人小說，小小情事，淒惋欲絕，洵有不神遇而不自知者，與詩律可稱一代之奇。」（《容齋隨筆》）如宋代趙彥衛說：「蓋此等文備眾體，可見史才、詩筆、議論。」（《雲麓漫鈔》）如明代胡應麟說：「凡變異之談，盛於六朝，然多是傳錄舛訛，未必盡幻設語。至唐人乃作意好奇，假小說以寄筆端。」（《少室山房筆叢・二酉綴遺》中）

綜上所述，我們可以給「傳奇小說」作如下界定和說明：

傳奇小說是從先秦兩漢史傳文學蘖變而來，由「雜傳」和「志怪」相結合而產生的一種極具文學性的文言小說形式。作為一篇傳奇小說作品，它必須儘量多地具備下列條件：其一，作者是自覺的而非無意的；其二，內容是完整的而非片段的；其三，結構是曲折的而非平直的；其四，人物是鮮活的而非乾癟的；其五，語言是清麗的而非樸拙的；其六，細節是虛構的而非真實的；其七，篇幅是宏大的而非短小的。越是充分具備上述條件者，越可被視為標準的傳奇小說作品。當然，如果具備上述條件的一多半的作品，也可基本上算作傳奇小說。本帙所謂傳奇小說，即以此數條為衡量標準。

（原載《傳奇小說通論》，中州古籍出版社，2005 年 11 月出版）

唐代京師文化一瞥
——科舉、妓女、坊里與傳奇小說生成的關係

唐代科舉大行，娼妓大盛，兼之以「坊里」為主的城市格局，這些，從一個特定的角度營造了當時長安的都市文化和都市文學，而唐人傳奇小說，則是這種都市文化極富代表性的載體。

一

隋唐時科舉制的實行，具有歷史的必然性。較之察舉制和九品中正制而言，科舉制顯得更為合理、進步。因為它在一定程度上打破了豪門世族對官員選拔權的壟斷，擴大了封建專制主義中央集權的統治基礎，同時，又使得中小地主階層乃至一般讀書人都有入仕的機會。對於封建時代廣大知識分子尤其是寒族知識分子而言，科舉制無疑為他們提供了一次空前的歷史機遇。

隋代倡行開科取士，可以稱之為科舉制的雛形。隋文帝開皇十八年（598），「以志行修謹、清平干濟二科舉人。」（王欽若等《冊府元龜》卷六百四十五）隋煬帝大業三年（607），以「孝悌有聞、德行敦厚、節義可稱、操履清潔、強毅正直、執憲不撓、學業優敏、文才美秀、才堪將略、膂力驍壯」（王應麟《玉海》卷一百一十五）十科舉人。大業五年（609），又以「學業才藝、膂力絕倫、堪理政事、立性正直」（同上）四科舉人。這些，雖都是偶一為之，並未形成制度，但「分科舉人」卻與「科舉」在名稱上有了干係。而有

關史料中記載隋煬帝「置明經、進士二科」（劉肅《大唐新語》），以「試策」取士（《舊唐書》卷一百一十九），卻標誌著分科舉人的科舉制的誕生。

唐代的科舉制度更加完善，就文化考試而言，其科目大致分為常科和制科兩大類。

所謂「常科」，即「常貢之科」，即每年分科舉行的考試。其考生來源有二：一是「生徒」，即從中央到地方各級學館中的學生。一是「鄉貢」，亦即那些不在學館中讀書而學業有成者。常科的科目有秀才、明經、進士、明法、明字、明算、一史、三史、開元禮、道舉、童子等。其中，明法（法律科）、明字（文字科）、明算（算學科）不為人們所重視，而一史（考《史記》）、三史（考《史記》《漢書》《後漢書》）、開元禮（開元時代的禮儀）、道舉（玄學科）、童子（十歲以下通一經者）等科並不經常舉行，秀才科在唐初要求很高，並曾一度停止。故而，唐代常科中受到重視並經常舉行的是明經、進士兩科。

最初，「明經」「進士」兩科都只是試策，考試內容是經義或時務。後幾經變化，至天寶年間規定：明經科先試帖經，次試經義，最後試策；進士科先試帖經，次試詩賦，最後試策。所謂「帖經」，就是掩住所習經書某一頁的兩端，中間只留一行，又用紙貼住行中的三個字，要考生讀出被帖的字，其實就是一種考背誦的口頭「填空題」。所謂「經義」，就是要考生將經書中的某段經文和注疏全都讀出來，後因為口試不便事後覆查，改為筆試，故又稱「墨義」，大致相當於「默寫題」。明經、進士兩科的考試內容後來雖然還有些變化，但其基本精神則是進士科重詩賦，明經科重帖經、墨義。相比較而言，進士科比明經科考試難度更大。因為帖經、墨義主要考背誦，讀死書就行了，而詩賦則需要相當的文學才華，不是靠死記硬背能解決問題的。又由於每年錄取的名額，明經科是進士科的幾倍乃至上十倍。因此，唐代士子最重進士科。當時流行著「三十老明經，五十少進士」（王定保《唐摭言》卷一）的話，意謂三十歲中明經已算年老，五十歲中進士卻年輕得很。

所謂「制科」，是指由皇帝特別下詔考試的科目。考試的日期、內容均臨時決定，得第得官之人、已登常料之人乃至庶民百姓均可參加考試。這是朝廷專門網羅非常人才的一種手段，故而考試名目繁多，視需要而定，並由皇帝親自主持。考取者，可得到較高的官職。儘管如此，制科在人們心目中仍被視作「非正途」，其地位不如常科中的進士科。正如封演《封氏聞見記》卷三所言:「制舉出身名望雖高,猶居進士之下。……御史張環兄弟八人,其七人皆進士出身,一人制科擢第。親故集會,兄弟連榻,令制科者別坐,謂之雜色,以為笑樂。」

常科登科後,還只是具備了做官的資格,並不馬上授予官職,還須參加被稱之為「省試」或「釋褐試」的吏部考試,合格者才能授官。如「省試」不合格,便只好先到節度使、觀察使等地方軍政長官那兒去充當幕僚,經過推引以後,才由中央政府授予正式官職。但常科中的進士及第者雖未正式為官,卻已非常榮耀。當時人稱之為「登龍門」,發榜之後,有曲江會、杏園宴、雁塔題名等活動。因而,進士科也就逐漸發展成為科舉制中最具代表性的科目。而使京城人士尤其是女性刮目相看者,也正是那些新科進士。

科舉制與察舉制有著千差萬別,對此,前人多有議論。但二者之間有一點對京師文化和文學影響至大的區別,卻為人們所忽視,那就是企圖或即將步入仕途的「知識分子群」是否要在同一時間聚集京師?一般說來,察舉制是不需要的,因為被舉薦的「準官員」是可以陸續進京甚至不進京的。科舉制則不然,所有參加考試的舉子必須在同一時間段齊聚京師,參加常科的考試。即便考上「常科」以後,還要參加「省試」或「釋褐試」以決定能否盡快做官。這還只是就考試合格的登科者而言,至於那些數量更大的未能考上的生徒(或稱舉子)們因路途遙遠而無力回家或無臉回家,又勢必滯留京師以求來年新的一搏。這樣,成千上萬的文人就勢必長時間聚集京師了。不難想像,這樣一支京師外來人口的寄生軍團該具有何等的聲勢,那一定是浩浩蕩蕩的一群。更重要的是,這些文人都是血肉之軀,他們不光要讀書,他們還需要生活,不僅是物質生活,還有精神生活。況且,他們也不大可能將妻子帶入京師「陪讀」,或者根本就未曾娶妻。那麼,他們的男女之情慾向何處宣洩呢?最有可能的方式只有兩個——獵豔和嫖妓。換個角度看問題,那些考上的舉子,尤其是通過「進士科」而「登龍門」者,他們那榮耀的「出身」,那徜徉於曲江池畔、雁塔之下的身影,又會勾起多少紅粉佳人的青睞呀!豔遇從這裡生成,愛欲從這裡萌發。因此,從某種意義上說,正是科舉制有力地推動了京城的娼妓業和半娼妓業的高度發達。同時,文人的雲集京師也不斷地提高了妓女的文化檔次和某些婦女的開放程度,因為那首先是滿足文人自身需要的。這些文人與妓女的交往,除了純粹的「人」的肉慾需求之外,還要講一點趣味、境界,而構成這些趣味或境界的無非是詩詞歌賦、琴棋書畫、吹拉彈唱、射覆藏鉤一類的「切磋」。而將上述這些文人與「尤物」（包括妓女和非妓女）的高層次文化素養的交往記載下來，並進行藝術加工，唐人傳奇中那許許多多愛情題材的作品不就應運而生了嗎？

然而，事情並非如此簡單。科舉制的盛行只是決定了那些愛情故事的男主角雲集京師，而要使這愛情之歌曲唱得更為動聽，我們還必須來觀照「二重唱」的另一半——那些美麗的女人，尤其是其中高素質的妓女。

二

中國的妓女有三大來源。其一，為宮廷娛樂服務的「倡優」；其二，達官貴人家樂中的「聲妓」；其三，供一般人消遣的「女閭」。

「倡優」與「女樂」基本是一回事，出現最早，據《管子》《鹽鐵論》《列女傳》等文獻資料記載，在夏桀的時候就有「倡優」或「女樂」了。「倡優」是「優」的一種，先秦時的「倡優」是指以歌唱為主的「優」，而奏樂的則叫「伶優」，他們與那種靠詼諧語言和動作表演為主的「俳優」是有區別的。「倡優」或「女樂」實際上就是當時的「宮妓」。

「聲妓」其實也就是達官貴人家中的「侍姬」，她們的出現應該與「倡優」同時，從某種意義上講，她們就是低一檔次的「宮妓」——「家妓」。家妓自漢代以後非常發達，《漢書》和某些私家撰述中對此多有記載。

「女閭」，本是指官營賣淫業的場所，亦可代指在這種場所賣淫的妓女。這種形式至遲產生於春秋五霸之一的齊桓公時代，《戰國策》《韓非子》等書中對此均有記載。到漢代，又出現了專門為軍人服務的「營妓」——軍營中的妓女。同樣是漢代，私營的賣淫業也開始形成，其中的妓女被稱為「私妓」。

唐代的妓女從最大層面上可分為「宮妓」和「官妓」兩大類，若再細分，則有直接為地方官府控制並為之服務的地方官妓和雖然也入籍但卻主要為市井各色人物服務的「市妓」。其中，與一般文人交往最多的則是「市妓」。

唐代長安城中那些科舉制的「成品」（進士之類）或「原料」（舉子之屬），總之是那些得意或不得意的文人，他們與妓女之間的影響呈現出一種雙向互動的態勢。

一方面是文人對妓女的選擇。在這一方面，這些「文化人」自有其標準，他們並非只注重妓女的容貌，而是更看好妓女的「趣味」，即今之所謂文化品位。且看當時記錄妓女生活的專著孫棨《北里志》中的一些描述：「絳真善談謔，能歌令，其姿亦常常，但蘊藉不惡，時賢大雅尚之。」「王團兒次妓福娘，談論風雅，且有體裁。」「小福雖乏風姿，亦甚慧黠。」「楚兒，字潤娘，素為三曲之尤，而辯慧，往往有詩句可稱。」「鄭舉舉者，居曲中，亦善令章。嘗與絳真互為席糾（執掌酒令者），而充博非貌者，但負流品，巧詼諧，亦為諸朝士所眷。」「顏令賓，居南曲中，舉止風流，好尚甚雅，亦頗為時賢所厚。事筆硯，有詞句。」「楊妙兒者，居前曲。……長妓曰萊兒，字蓬仙，貌不甚揚，齒不卑矣。但利口巧言，詼諧臻妙。」「俞洛真，有風貌，且辯慧。」「王蘇蘇，在南曲中，居室寬博，卮饌有序，女昆仲數人，亦頗善諧謔。」「張住住者，……少而敏慧，能解音律。」

由上可見，唐代京師士人所喜愛的妓女首要條件是「談吐」務必風雅、詼諧，其次是解音律善歌曲，再次是有詩詞之作可觀，至少也要精於飲饌烹飪，至於容貌、年齡，則擺到了次之又次的地位。

那麼，妓女們又看重文人們哪些方面呢？先看有關資料：「長安有平康坊，妓女所居之地。京都俠少，萃集於此。兼每年新進士，以紅箋名紙，遊謁其中。時人謂此坊為風流藪澤。」（王仁裕《開元天寶遺事》）「京中諸妓籍屬教坊，凡朝士宴聚，須假諸曹署行牒，然後能致於他處。惟新進士設宴，顧吏故便，可行牒追。其所贈資，則倍於常數。」（《北里志序》）「即令小玉自堂東閣子中而出，生即拜迎。……既而遂坐母側。母謂曰：『汝嘗愛念『開簾風動竹，疑是故人來』，即此十郎詩也。爾終日吟想，何如一見。』小玉乃低鬟微笑，細語曰：『見面不如聞名，才子豈能無貌。』生遂連起拜曰：『小娘子愛才，鄙夫重色。兩好相映，才貌相兼。』母女相顧而笑。」（蔣防《霍小玉傳》）

由上又可知，妓女之所以看重文人者，一是地位——為官者，尤其是新進之士；二是錢財——比平常多一倍的「贈資」；三是才華，尤其是能令妓女「終日吟想」之詩才；四是相貌，「才子豈能無貌？」

既然雙方都有所求或有所取，熱烈的結合便成為可能，而且成為一種燎原之勢。翻開《北里志》，這種記載可謂比比皆是：「鄭舉舉者，居曲中。……孫龍光為狀元，頗惑之。」「進士天水光遠，故山北之子，年甚富，與萊兒殊相懸，而一見溺之，終不能捨。萊兒亦以光遠聰悟俊少，尤諂附之。」「小潤，字子美，少時頗籍籍者。小天崔垂休變化年溺惑之，所費甚廣。」「俞洛真，有風貌。……進士李文遠，……一見，不勝愛慕。」「王蘇蘇，在南曲中。……有進士李標者，自言李英公勣之後，久在大諫王致君門下，致君弟侄因與同詣焉。」「劉覃登第，年十六七，自廣陵入舉，輜重數十車。時同年鄭賓先輩扇之，極嗜欲於長安中，頗喜絳真。」

這樣一群進士，其間還有狀元，就是如此地熱衷於嫖妓。有的甚至未成年（年僅十六七），就在年長的「同年」（同科進士）的誘導下走向北里平康。這樣一些風流倜儻的文人，這樣一些蘊藉詼諧的妓女，他們的結合，該導致多少風流蘊藉的故事，而將這些故事以極富文采之筆記錄下來，甚或進行刻意的描摹，便是那精美無比的唐人傳奇中的愛情之作。

三

現存唐人傳奇作品中的男主人公有許多是與科舉相關的人物，亦即登第或未曾登第的讀書人。僅就名篇而論，如：「儀鳳中，有儒生柳毅者，應舉下第，將還湘濱。」（《柳毅傳》）「大曆中，隴西李生名益，年二十，以進士擢第。」（《霍小玉傳》）「（滎陽生）應鄉賦秀才舉。」（《李娃傳》）「近代有士人應京之舉，途次關西。」（《廣異記・華嶽神女》）「陳郡謝翺者，嘗舉進士，好為七字詩。」（《宣室志・謝翺》）「天寶初，有范陽盧子在都應舉，頻年不第，漸窘迫。」（《異聞集・櫻桃青衣》）「京兆韋安道，起居舍人真之子。舉進士，久不第。」（《異聞集・韋安道》）「博陵崔慎思，唐貞元中應進士舉，京中無第宅，常賃人隙院居止。」（《原化記・崔慎思》）「博陵崔護，資質甚美而孤潔寡合。舉進士第，清明日，篤遊都城南，得居人莊。」（《本事詩・崔護》）「進士李茵，襄陽人。嘗遊苑中，見紅葉自御溝流出。」（《北夢瑣言・李茵》）就在他們進京趕考的前前後後，一些美麗動人的愛情故事便在他們身邊悄然發生了。

唐人傳奇中女主人公身為妓女者也不少。如：「玉忽流涕觀生曰：『妾本倡家，自知非匹。』」（《霍小玉傳》）「汧國夫人李娃，長安之娼女也。」（《李娃傳》）「楊娼者，長安里中之殊色也。」（《楊娼傳》）「時靖恭坊有姬字夜來，稚齒巧笑，歌舞絕倫，貴公子破產迎之。」（《酉陽雜俎・周皓》）「乃入歌妓院內，止第三門。繡戶不扃，金釭微明，惟聞妓長歎而坐，若有所依。」（《傳奇・崑崙奴》）以上這些女子，除了《崑崙奴》中的紅綃女乃達官貴人之「家妓」而外，其他都是所謂「市妓」。

即便男主人公不是舉子或進士，也多半是由進士而為官者；即便女主人公不是妓女，也多半是頗為多情乃至妖冶放蕩的市井女人，或者是仙女或妖精幻化的市井女子。那麼，這些男女之間的愛情故事多半發生在哪裏呢？曰：京城之坊里也。請看：「（鄭六）既行，及里門，門扃未發。」（《任氏傳》）「自車中問曰：『得非韓員外乎？某乃柳氏也。』使女奴竊言失身沙吒利，阻同車者，請詰旦幸相待於道政里門。」（《柳氏傳》）「故霍王小女，字小玉。……住在勝業坊古寺曲。」（《霍小玉傳》）「（滎陽生）嘗遊東市還，自平康東門入，將訪友於西南。至鳴珂曲，見一宅。」（《李娃傳》）「明日相與還京，公主（華嶽神女）宅在懷遠里。」（《廣異記・華嶽神女》）「唐餘干縣尉王立調選，傭居大寧里。」「妾居崇仁里，資用稍備，倘能從居乎？」（《集異記・賈人妻》）「女之容色絕代，斜睨柳生良久。柳生鞭馬從之，即見車子入永崇里。」（《乾饌子・華州參軍》）「謝翺……其先寓居長安升道里。……傾之，有金車至門。見一美人，年十六七，風貌閒麗，代所未識。」（《宣室志・謝翺》）「過天津橋，入水南一坊。……其妻年可十四五，容色美麗，宛若神仙。盧生心不勝喜，遂忘家屬。」（《異聞集・櫻桃青衣》）正是在這些「坊」「里」「曲」中，許許多多的愛情故事被演繹得如火如荼。

那麼，何以謂之「坊」「里」「曲」呢？說到這裡，我們有必要粗粗瞭解一下唐代都城長安的城市結構。

唐代長安城的建築群可分為三大部分：一是皇族居住的宮城，二是百官辦公的皇城，三是百官和市民居住的外郭城。外郭城呈圍棋棋盤狀，由縱橫交錯的線條將全城劃分成若干長方形的塊塊。這些「線條」就是大街，全城南北向者十一條，東西向者十四條。那些「塊塊」就是坊里，全城共有一百零八個。所有的坊里並非一樣大，小的長寬均五百多米，大的寬度五六百米而長達一千多米。坊的周邊均有三米高的夯土牆，將坊與大街隔開。大坊有東西南北四個坊門，並由此造成縱橫的十字街，將坊內分成四塊。小坊則只有東西兩個坊門，並由此造成一條橫街，將坊內分成兩半。在由坊內街道劃分的每一小塊中間又有一些縱橫交錯的巷子，謂之「曲」，「曲」的兩邊才是住戶人家的大小院子。外郭城中還有「東市」「西市」，各占約兩個坊大小的面積。唐代實行「坊市分離制」，坊是居住區，市是商業區。

唐代長安城對坊里實行「宵禁」，除了每年正月十四至十六日三天為人們觀燈提供方便而全天候打開坊門以外，其他時間每天夜裏必須關閉坊門。天黑時，街鼓八百聲響過之後，各坊里的大門全部關閉，負責坊里安全的「鋪卒」便開始巡邏警衛。這時，坊里處於封閉狀態，不能隨意出入，坊里與坊里之間的大街上除了持有公事或婚嫁大事的相關證明者以外，一律禁止閒人行走，如有違反，便是「犯夜」，要處以「笞二十」的懲罰。宵禁持續到黎明時的五更二點，街鼓三千聲響過之後，坊里之門才得以洞開，人們走向大街，從事各種活動。

由此可見，唐代的京城長安乃是一種封閉型的建構格局。這樣一種格局及其相關的宵禁制度，不利於百姓的夜間娛樂活動。為什麼唐代的市民文藝以及由之而導致的市民文學不如宋代，這也是其中重要因素之一。那麼，唐代京城的這種城市格局與唐代傳奇小說的勃興是否具有某種關係呢？答案當然是肯定的。

首先，如以上材料所引，唐代的妓女多半居住在坊曲之中。如「三曲」、「曲中」、「南曲」、「前曲」、「靖恭坊」「勝業坊」「鳴珂曲」等等，都是當時妓女的居所。而「平康」「北里」云云，則更是妓女的聚居地，以至於在後世的文學作品中成為妓院的代名詞。這樣，當時的舉子、進士乃至官員們要想和妓女接近，勢必到住有妓女的坊曲之中「獵豔」。

其次，亦如上所言，唐人傳奇中許許多多的愛情故事就發生在坊曲之中。如「道政里」、「勝業坊」、「懷遠里」、「大寧里」、「崇仁里」、「永崇里」「升道里」、「水南一坊」云云，都是那些故事的發源地或歡樂谷。更有甚者，不少傳奇作品中人物的言行還向我們昭示了坊曲間的規格和規矩。如《李娃傳》中寫道：「久之，日暮，鼓聲四動。……姥曰：『鼓已發矣，當速歸，無犯禁。』」這裡所描寫的便是那八百聲的宵禁之鼓，鼓聲停後，坊里之門就關閉了。再如《任氏傳》中寫道：「既行，及里門，門扃未發。門旁有胡人鬻餅之舍，方張燈熾爐，鄭子憩其簾下，坐以候鼓。」這裡所描寫的就是拂曉坊里之門未開的時候，裏面的人等待解除宵禁之鼓而出坊門的情景。再如《霍小玉傳》中寫道：「（霍小玉）往往私令侍婢潛賣篋中服玩之物，多託於西市寄附鋪侯景先家貨賣。」這便是對「坊市分離制」的真實描寫。同樣是《霍小玉傳》中還有這樣的描寫：「（李益）與豪士策馬同行，疾轉數坊，遂至勝業，……（豪士）乃挽挾其馬，牽引而行，遷延之間，已及鄭曲」這裡的「勝業」，即是勝業坊，這裡的「鄭曲」，即是霍小玉所居之「曲」（霍小玉母親易姓為鄭氏）。

由此亦可見先入「坊」後至「曲」的順序，因為「曲」在「坊」中。同樣，《李娃傳》中寫滎陽生「嘗遊東市還，自平康東門入，將訪友於西南。至鳴珂曲，見一宅」。也是先由妓女聚居的平康里之東門進去，再到西南方向的鳴珂曲，最後才看到李娃居住的宅院。

再次，這些美麗動人的愛情故事最早也是流傳於坊里之中。唐代的都城既然實行宵禁，人們便只能在「坊」「里」之中度過漫長的夜晚。其間，主要的娛樂生活就是小範圍的聚會，聽聽「說話」，看看小型「堂會」式的表演。這一點，在元稹的《酬翰林白學士代書一百韻》中的詩句「光陰聽話移」的自注中說得很清楚：「嘗於新昌宅說一枝花話，自寅至巳，猶未畢詞也。」「新昌宅」即白居易在長安「新昌里」中的居所，「一枝花」即京城名妓李娃的外號。當時說「一枝花話」的究竟是誰，這並不重要，但一點是非常明確的：既然是在家裏說書，規模肯定不大。更有意思的是，傳奇小說《李娃傳》的作者白行簡恰恰就是白居易的弟弟，由此亦可見得唐人傳奇小說的生成環境主要是在那封閉型格局的大都市的文人小圈子之中，或者說，正是在「坊」「里」「曲」之中，滋生和造就了若許唐人傳奇中的愛情故事。

四

唐代實行的科舉制為唐人傳奇小說準備了充足的男主人公和創作者（亦有二者兼而有之的現象，如元稹之於《鶯鶯傳》中的張生）之來源，同時也提高了長安城中「市妓」的文化素質。而長安城娼妓制度的高度發達又刺激了舉子、進士、官員們的獵豔之風，在這種風氣的影響之下，許多妓女或非妓女又成為唐人傳奇小說中愛情故事的女主人公。與此同時，這些科舉文人與城市婦女的戀愛故事又主要發生和流傳於唐代都城那封閉性的建築格局——坊曲之中。進而言之，唐人傳奇這樣一種生成和傳播方式又與其他任何時代的小說不同而具有其獨特性。所有這些，就是科舉、妓女、坊里、傳奇四者之間十分有趣的關係，而這種種關係又都標誌著唐人小說生成的文化背景。

（原載《長安學術》第一輯，商務印書館，2010 年 11 月出版）

萍蹤俠影「崑崙奴」

唐代前後，中國人泛稱今馬來西亞、爪哇一帶為中心輻射至中印半島南部、南洋諸島乃至非洲東部等地土著為「崑崙」族。崑崙人或進入、或被貢入大唐疆域而成為奴僕者，時人稱之為「崑崙奴」。

唐人傳奇小說及時地記載了「崑崙奴」們在當時的社會活動蹤跡。

李復言《續玄怪錄・張老》篇敘揚州六合縣園叟張老娶鄰人韋恕女為妻，夫妻勤奮勞作於菜地之中，「親戚惡之」，張老攜妻離去。「後數年，恕念其女，以為蓬頭垢面不可適也，令其男義方訪之，到天壇南，適遇一崑崙奴，駕黃牛耕田。問曰：『此有張老家莊否？』崑崙投杖拜曰：『大郎子何久不來？莊去此甚近，某當前引。』遂與俱東去。」此張老原來是神仙，夫妻二人在兄長韋義方面前極盡仙家之妙用之後，臨別時，這位神仙老妹大給大舅了哥「奉金二十鎰，並與一故席帽，曰：『兄若無錢，可於揚州北邸賣藥王老家取一千萬，持此為信。』遂別，復令崑崙奴送出，卻到天壇。崑崙奴拜別而去」。「後數年，義方偶遊揚州，閒行北邸前，忽見張家崑崙奴前曰：『大郎家中何如？娘子雖不得歸，如日侍左右。家中事無鉅細，莫不知之。』因出懷金十斤以奉。曰：『娘子今送與大郎君，阿郎與王老會飲於此酒家，大郎且坐，崑崙當入報。』義方坐於酒旗下，日暮不見出，乃入觀之，飲者滿坐，坐上並無二老，亦無崑崙。取金視之，乃真金也，驚歎而歸，又以供數年之食，後不復知張老所在。」（《太平廣記》卷十六）

《張老》篇，在程毅中點校《玄怪錄》《續玄怪錄》一書中屬之《玄怪錄》。校云：「本篇《廣記》卷十六引作《續玄怪錄》。又見《豔異編》卷七（四十卷本卷四）、《逸史搜奇》已集卷九。《類說》本《幽怪錄》題作《韋女嫁張老》」

無論此篇出自何書，崑崙奴的形象都是很清晰的。他是神仙張老的僕人，既幫助張老種地耕田，又幫助張老幹一些送往迎來、請客送禮的雜事。值得注意的是，由於是仙人的奴僕，崑崙奴自身其實也成仙了。君不見在送罷金銀過後，他也隨著主人一起不知所終了嗎？

當然，崑崙奴的主人是「仙」，則崑崙奴也是「仙」，而當崑崙奴之主人是「鬼」的時候，崑崙奴自身也就自然而然的是「鬼」了。在作者尚有疑問的《博異記．閻敬立》篇中，就有兩位「鬼」崑崙奴的身影。該篇敘「興元元年，朱泚亂長安」，逃難之人閻敬立，「潛途出鳳翔山，夜欲抵太平館。其館移十里，舊館無人已久，敬立誤入之，但訝萊蕪鯁澀。即有二皂衫人迎門而拜，控轡至廳。即問此館何以寂寞如是，皂衫人對曰：『亦可住。』既坐，亦如常館驛之禮。須臾，皂衫人通曰：『知館官前鳳州河池縣尉劉俶。』敬立見之，問曰：『此館甚荒蕪，何也？』對曰：『今天下榛莽，非獨此館，宮闕尚生荊棘矣。』敬立奇其言，語論皆出人右，俶乃云：『此館所由並散逃。』因指二皂衫人曰：『此皆某家崑崙奴，一名道奴，一名知遠，權且應奉爾。』敬立因於燭下，細目其奴。皂衫下皆衣紫白衣，面皆崑崙，兼以白字印面分明，信是俶家人也」。（《太平廣記》卷三百三十九）

除了仙、鬼而外，有的崑崙奴甚至在佛的身邊工作。如陳劭《通幽記．盧頊》中就有這樣的描寫：「後小金夜夢一老人，騎大獅子。獅子如文殊所乘，毛彩奮迅不可視。旁有二崑崙奴操轡。……小金曰：『受教矣。今苦腰背痛不可忍，慈悲為除之。』老人曰：『易耳。』即令崑崙奴向前令展手，便於手掌摩指，則如黑漆染指上。便背上點二灸處。小金方醒，具說其事，即造佛及幡。視背上，信有二點處，遂灸之，背痛立愈。……小金曰：『諾。聖賢前度灸背，當時獲愈，今尚苦腰痛。』老人曰：『吾前不除爾腰者，令爾知有我耳。汝今欲除之耶？』復於崑崙手掌中研黑，點腰間一處而去。悟而驗之，信有點跡，便灸之，又差。其後婦人亦不來矣，至三月盡如言。」（《太平廣記》卷三百四十）

崑崙奴除了是「仙」是「鬼」或在「佛」身邊工作而外，有時候他們又是「俠」。有那麼一位俠名傳千古的崑崙奴名叫磨勒，他出現在裴鉶的《傳奇》之中，而且，該篇篇名就叫《崑崙奴》。

這位磨勒，不僅幫助少主崔生破解了美人紅綃的手勢「隱語」，而且進一步幫助崔生從「蓋代之勳臣一品者」的深宅大院中盜走了這位絕代美人。最後，當「一品大人」派人抓捕磨勒時，這位崑崙奴中的大俠在眾人的驚愕之中從容全身而退。且看裴鉶筆下大俠崑崙奴磨勒的風采：

「生又白其隱語。勒曰：『有何難會？立三指者，一品宅中有十院歌姬，此乃第三院耳。返掌三者，數十五指，以應十五日之數。胸前小鏡子，十五夜月圓如鏡，令郎來耶！』」

「是夜三更，與生衣青衣，遂負而逾十重垣，乃入歌妓院內，止第三門。……生具告磨勒之謀，負荷而至。姬曰：『磨勒何在？』曰：『簾外耳。』遂召入，以金甌酌酒而飲之。……磨勒曰：『娘子既堅確如是，此亦小事耳。』姬甚喜。磨勒請先為姬負其囊橐妝奩，如此三復焉，然後曰：『恐遲明。』遂負生與姬而飛出峻垣十餘重。一品家之守禦，無有警者。遂歸學院而匿之。」

「（一品）命甲士五十人，嚴持兵仗，圍崔生院，使擒磨勒。磨勒遂持匕首，飛出高垣，瞥若翅翎，疾同鷹隼，攢矢如雨，莫能中之；頃刻之間，不知所向。……後十餘年，崔家有人見磨勒賣藥於洛陽市，容顏如舊耳。」

唐人傳奇小說中更多的崑崙奴是像磨勒一樣，為「人」之奴僕，為主人效忠效力。袁郊《甘澤謠・陶峴》篇，就描寫了一位屢屢下水撈寶物以邀主人笑樂的崑崙奴摩訶。最後，這位潛水高手竟然在主人陶峴的逼迫之下死於江水之中。且看幾個精彩而悲哀的片斷。

「陶峴者，彭澤之子孫也。……曾有親戚，為南海守，因訪韶石，遂往省焉。郡守嘉其遠來，贈錢百萬，遺古劍，長二尺許，又玉環徑四寸，及海船崑崙奴名摩訶，善游水而勇健，遂悉以所得歸，曰：『吾家之三寶也。』及回棹，下白芷，入湘江。每遇水色可愛，則遺劍環，命摩訶下取，以為戲笑也。如是數歲，因渡巢湖，亦投劍環而令取之。摩訶才入，獲劍環，跳波而出焉，曰：『為毒蛇所齧。』遽刃去一指，乃能得免。」「行次西塞山，泊舟吉祥佛舍。見江水黑而不流，曰：『此必有怪物。』乃投劍環，命摩訶汨沒波際，久而方出，氣力危絕，殆不任持，曰：『劍環不可取也。有龍高二丈許，而劍環置前，某引手將取，龍輒怒目。』峴曰：『汝與環劍，吾之三寶。今者既亡環劍，汝將安用？必須為我力爭也。』摩訶不得已，被發大呼，目眥流血，窮命一入，不復出也。久之，見摩訶支體磔裂，浮於水上，如有視於峴也。峴流涕水濱，乃命回棹。」（《太平廣記》卷四百二十）

通過以上唐人傳奇小說作品的簡介，我們可以看到當時的崑崙奴形象已經是相當豐富多彩了。他們除了盡職盡責地給仙、佛、人、鬼當奴僕以外，還能充分展現各自的技藝和智慧。如張家崑崙奴會種田，菩薩身邊的崑崙奴會駕車並協助看病，摩訶的水下工夫恐怕無與倫比，至於磨勒的智慧和神通就更是臻於極致了。這樣一些動人的人物形象，不僅能讓當時的讀者得到一份審美享受，而且給後代的小說創作提供了榜樣。而且，是不可企及的榜樣。

明清通俗小說中，也有一些作品涉及崑崙奴形象，但大都不過是對唐人傳奇中崑崙奴的模仿與複製。有的作品，甚至只是拿崑崙奴來打個比方而已。可以這樣說，就筆者目前所知，明清通俗小說中的崑崙奴，沒有一個能與唐人傳奇中的磨勒、摩訶等相提並論的。關於這一點，我們只要看看下列材料就可明白了。

> 挹香乃問道：「林哥哥，昨課何題？」拜林道：「乃『不患無位』一章。詩題乃『崑崙奴盜紅綃』。」挹香道：「弟嘗考崑崙奴盜紅綃一事，真為千古美談！老崑崙忠心為主，俏紅綃慧眼鍾情，如此佳人義僕，恐此時不能再得矣。」（《青樓夢》第一回）

此處所寫，只是後世文人對「崑崙奴盜紅綃」一事的豔羨與讚歎，談不上對崑崙奴本身有什麼描寫。至於以下三例，則更是僅僅由「崑崙奴盜紅綃」的故事將崑崙奴比喻成有情人之間的「媒介」或企圖獵豔的登徒子之「工具」而已。且看：

「自古道：『姻緣本是前生定，曾向蟠桃會裏來。』見得此一事，非同小可。只看從古至今，有那崑崙奴、黃衫客、許虞侯，那一班驚天動地的好漢，也只為從險阻艱難中，成全了幾對兒夫婦，直教萬古流傳。」（《拍案驚奇》卷三十四《聞人生野戰翠浮寺，淨觀尼晝錦黃沙弄》）

「卻說章秋谷心上暗想，要想轉這位伍小姐的念頭，一定要把這位舅太太巴結好了，方才好借著他做個崑崙奴。」（《九尾龜》第一百十一回）

「幸得吉士沒有請他供奉在家，他也一心想著關部，還算吉士的福運亨通。卻不該將烏小喬的名字告訴他，要他做什麼崑崙奴，這又是吉士的夢境。」（《蜃樓志全傳》第九回）

像這樣的描寫，尤其是《九尾龜》和《蜃樓志全傳》中的描寫，對崑崙奴是一個極大的誤解和貶低，因為作者用崑崙奴來指代「媒人」乃至「馬泊六」。如果崑崙奴們地下有知，定會再次「目眥流血」的。

不過，以下通俗小說作品中的描寫，倒是給我們提供了一些關於崑崙奴的新材料：

「只聽床底下低應一聲：『來也！』就這聲裏，託地跳出一個渾身紮縛的武士，手提寶刀，向素臣淺淺一喏。素臣看那武士，裝束得如崑崙奴一樣，甚是勇猛！但見：面似唾壺逞威風，紅毛一嘴；形如餓虎添殺氣，鐵帚雙眉。猿臂狼腰，摸量著有千百竹水牛精力；豐頤闊額，遮莫去饒五七寸火炭心腸。」（《野叟曝言》第四十三回）

「賽崑崙道：『這等就不妨說說了。小人平日乃是個做賊的，慣能飛岩走壁，隨你有幾千丈的高樓，幾百尺的厚牆壁，我只除非不去罷了，若去尋他不消費一些氣力，就直入他臥榻之中，把東西席擲起來。到第二日，也不使他知道。人說當初有個崑崙能飛入郭令公府中，盜取紅綃女。他一生一世不過做得一次，不知我做幾百次，故此把我叫做賽崑崙。』」（《肉蒲團》第四回）

「第六國浡淋國。元帥進上表文，黃門官受表。元帥奉上進貢禮單，黃門官宣讀浡淋國進貢：神鹿一對、鶴頂鳥一對、火雞一對、琉璃瓶一對、珊瑚樹一對、崑崙奴一對、血結二匣、薔薇水二壇、金銀香二箱、膃肭臍五十。獻上萬歲爺龍眼觀看。萬歲爺道：『神鹿縱之紫金山，鶴頂鳥縱之禁苑，俱令自去。火雞發光祿寺候用。崑崙奴有甚麼用？』元帥奏道：『崑崙奴能踏曲為樂。』」（《三寶太監西洋記通俗演義》第九十九回）

「公主恐他有計，勒馬不趕，斂兵歸寨。忽報趙信水軍，被諸葛同用崑崙奴鑿漏船隻，軍士一齊上岸，岸上伏兵突出，趙信被圍。公主急差馬贊往救。」（《嶺南逸史》第八回）

「看官，爾道梅英水軍怎麼累用崑崙奴？原來這個崑崙奴出儋耳山中，生得目睛青碧，入水能伏三五日，饑則捕魚蝦而食，梅英收了數百，置之水軍，多得其力。今日軍師傳下令來，要他暗從水門鑽進城中放火，他便用油紙包好火藥，繫在腰間，俟子時分，潮水漲了，鑽入水中，順著潮水入至水門，弄開閘板，摸到清雲橋，扒起來取出火石敲出火來。正要放火，早被守文明門參將陶足用看見，一聲梆子響，銃箭齊發，把鑽進崑崙奴，一堆兒擊死，天明，把屍首撩在城下。」（同上第十三回）

《野叟曝言》只是說一位武士很像崑崙奴，但是，通過書中的描寫，我們比較直觀地看到了在中國古代小說中崑崙奴應該是個什麼樣子。《肉蒲團》

中的「賽崑崙」，其實是一個劇盜，但他的師傅卻是崑崙奴。因為徒弟作案的次數是師傅的幾百倍，所以他落下了這個美名。《三寶太監西洋記通俗演義》所寫，則提供了兩條信息。其一，有的崑崙奴是被西洋（其實是南洋）某國進貢而來的。其二，崑崙奴能「踏曲為樂」。至於《嶺南逸史》中的兩段描寫，除了表現崑崙奴不同凡響的水下工夫以外，還寫出了崑崙奴的來歷。更令人矚目的是，第二段描寫呈現了成批的崑崙奴被人驅使賣命最終全體被害的悲慘結局，令人扼腕歎息。順便說一句，此處描寫，是從《水滸傳》第九十四回「湧金門張順歸神」一段學習過來的。

當然，唐人傳奇小說和明清通俗小說中所展示的，還只能說是「崑崙奴」的某些側面。要想進一步瞭解「崑崙奴」，我們還得借助某些史料或筆記的記載，還有就是那些夠不上傳奇小說的唐代志怪小說作品中提供的信息。

唐・鄭還古（？）《博異志・王昌齡》中記載王昌齡路過馬當山時有一首謁廟禱神詩：「青驄一匹崑崙牽，奏上大王不取錢。直為猛風波滾驟，莫怪昌齡不下船。」（《太平廣記》卷三百）

宋・李昉等《太平御覽》載：「《三國典略》曰：周軍逼江陵，梁人率步騎，開枇杷門出戰。初，嶺南獻二象於梁。至是梁王被之以甲，束刃於鼻，令崑崙奴馭之以戰。楊忠射之，二象反走。」（卷八百九十「獸部」二）

此處所言，或崑崙奴為主人牽馬的狀況，或崑崙奴為主人驅象大戰的情形。總之是崑崙奴有訓獸的本領。

唐・康駢《劇談錄・李德裕》載：「李德裕在文宗武宗朝，方秉相權，威勢與恩澤無比。每好搜掇殊異，朝野歸附者，多求寶玩獻之。……（又暖金帶、壁塵簪，皆希世之寶，及李南遷，悉於惡溪沉溺，使崑崙沒取之。云在鱷魚穴中，竟不可得矣。）」（《太平廣記》卷四百〇五）

唐・劉恂《嶺表錄異・鱷魚》載：「故太尉相國李德裕貶官潮州，經鱷魚灘，損壞舟船，平生寶玩，古書圖畫，一時沉失，遂召舶上崑崙取之，見鱷魚極多，不敢輒近，乃是鱷魚之窟宅也。」（《太平廣記》卷四百六十四）

唐・戴孚《廣異記・謝二》載：「河南尹奏其事，皆云魏王池中有一黿窟，恐是耳。有敕，使擊射之，得崑崙數十人，悉持刀槍，沉入其窟。得黿大小數十頭，末得一黿，大如連床。官皆殺之，得錢帛數千事。」（《太平廣記》卷四百七十）

元・佚名《河朔訪古記・觀音禪院》載：「彰德路城中豐安坊有寺曰觀

音禪院，唐天祐二年所建寺，有八角井。父老相傳，井中嘗有雲氣如虹，眾謂有寶，探之，其深不可測。郡人周邯，得崑崙奴，善入水，曰水精。使之入井底，良久出曰：一黃龍抱數顆明月大珠熟睡。水精驚，亦病死。」（卷中）

以上記載，亦乃表現崑崙奴水下工夫了得，甚至是集體性的水下大活動。

宋．陳暘《樂書》載：「三佛齊，蓋南蠻之別種，與占城為鄰。國中文字用梵書，以其王指環為印。其樂有小琴小鼓，崑崙奴踏曲為樂，其歌可知矣。」（卷一百五十九《樂圖論．胡部．歌．南蠻》）

此處所言，乃崑崙奴在音樂方面的才能。

《宋史》載：「大食國，本波斯之別種。隋大業中，波斯有桀黠者，探穴得文石以為瑞，乃糾合其眾，剽略資貨，聚徒浸盛，遂自立為王，據有波斯國之西境，唐永徽以後，屢來朝貢。……太平興國二年，遣使蒲思那、副使摩訶末、判官蒲囉等貢方物。其從者目深體黑，謂之崑崙奴。」（卷四百九十）

明．余寅《同姓名錄》「隋開皇中，大食國有酋長摩訶末，勇健多智，眾立之為主。東西征伐，開地三千里。宋太平興國二年，大食國王訶黎佛遣使摩訶末等貢方物。其從者目深體黑，謂之崑崙奴。」（卷十二「摩訶末二」）

此二則材料，所載為同一內容，主要突出了崑崙奴的面部特徵。

《資治通鑒》載：「又寵一崑崙奴。（崑崙奴者，言其狀似崑崙國人也。崑崙國在林邑南）」（卷一百二十九）

此則主要說明崑崙奴的產地。

朱彧《萍州可談》云：「廣中富人多畜鬼奴，絕有力，可負數百斤。言語、嗜欲不通，性惇，不逃徙，亦謂之野人。色黑如墨，唇紅齒白，髮卷而黃，有牝牡。生海外諸山中，食生物。採得時，與火食飼之，累日洞泄，謂之換腸。緣此或病死，若不死，即可蓄。久蓄，能曉人言，而自不能言。有一種近海者，入水眼不眨，謂之崑崙奴」（卷二）

《廣東通志》載：「鬼奴者，番國黑小厮也。廣中富人多畜之，絕有力，可負數百斤。言語、嗜欲不通，性淳，不逃徙，亦謂之野人。其色黑如墨，唇紅齒白，髮卷而黃，有牝牡。生海外諸山，食生物。採得時，與火食飼之，累日洞泄，謂之換腸，此或病死。若不死，即可久畜。能曉人言，而自不能

言。有一種近海，入水眼不眨，謂之崑崙奴，唐時貴家大族多畜之。」（卷五十七）

明·方以智《通雅》載：「又記一小說，龍戶在儋耳。其人目睛皆青碧，入水能伏一二日。蓋即所謂崑崙奴也。」（卷十四）

《皇清職貢圖》載：「夷人所役黑國奴，即唐時所謂崑崙奴。明史亦載荷蘭所役名烏鬼，生海外諸島。初至，與之火食，累日洞泄，謂之換腸，或病死。若不死，即可久畜。通體黝黑如漆，惟唇紅齒白。戴紅絨帽，衣雜色粗絨短衫，常握木棒。婦項繫彩色布，袒胸露背，短裙無袴，手足帶釧。男女俱結黑革條為履，以便奔走。夷人雜坐，以黑奴進食。食餘，傾之一器如馬槽。黑奴男女，以手摶食。夷屋多層樓，處黑奴於下。若主人惡之，錮其終身不使匹配，示不蕃其類也。」（卷一）

汪森編《粵西叢載》：「蜑有三：取魚者曰魚蜑，取蠔者曰蠔蜑，取材者多曰木蜑。其人皆目睛赤碧，卉衣血食。各相統率魚蜑、蠔蜑，能入水伏二三日，一謂之龍戶，一謂之崑崙奴。」（卷二十四引《贏蟲錄》）

明·胡震亨《唐音癸籤》：「韓退之詩：『衙時龍戶集，上日馬人來。』龍戶在儋耳珠崖。其人目睛皆青碧，善伏水。蓋即所謂崑崙奴也。馬人者，馬文淵遺兵，居對銅柱。言語飲食與中華同，號曰馬留事。見俞益期箋，恐即此。」（卷十八「龍戶馬人」條引《宛委餘編》）

這幾則材料，比較全面地反映了崑崙奴諸多方面的情況：諸如產地、體魄、力量、語言、性格、生活習慣尤其是水下工夫。

宋·王讜《唐語林》載：「蘇瓌初未知頲，常處頲於馬廄中，與庸僕雜行。一日，有客詣瓌，候於客次。頲擁篲庭廡間，遺落一文字。客取而視之，乃詠崑崙奴子詩，云：『指如十挺墨，耳似兩張匙。』客異之。良久瓌出，客淹留言詠。以其詩問瓌何人，豈非足下宗庶之孽也？」（卷三）

此則主要表現崑崙奴的長相。

宋·洪邁《夷堅志》載：「溫州巨商張願，世為海賈，往來數十年，未嘗失時。紹興七年，涉大洋，遭風漂其船，不知所屆。經五六日，得一山，修竹戛雲，彌望極目。乃登岸，伐十竿，擬為篙棹之用。方畢事，見白衣翁云：『此是何世界，非汝所當留，宜急回，不可緩也。』船人拱手白曰：『某輩已迷失路，將葬魚腹。仙翁幸教如何可達鄉閭？』翁指東南方，果得善還。十竹已雜用其九。臨抵岸有倭客及崑崙奴，望桅檣拊膺大叫『可惜』者不絕口。既泊纜，眾凝睇船內，見一竹存，爭欲輟買，曰：『吾不論價。』顒度其意必欲得，試需二千緡，眾齊聲答曰：『好。』即就近取錢以償。顒曰：『此至寶也，我適相戲耳。非五千緡勿覆議。』崑崙尤喜，如其數，輦錢授之，而後立約。約定，顒問之曰：『此竹既成交易，不可翻悔。然我實不識為是何寶物，而汝曹競欲售如此。盍為我言之？』對曰：『此乃寶伽山聚寶竹，每立竿於巨浸中，則諸寶不採而聚。吾畢世舶遊，視鯨波滔天如平地。然但知竹名，未嘗獲睹也。雖累千萬價，亦所不惜。』顒始嗟歎而付之。」（支丁卷三《海山異竹》）

此則故事非常精彩，突出了崑崙奴的鑒寶能力。順便言及，明代擬話本小說《拍案驚奇》卷一《轉運漢遇巧洞庭紅，波斯胡指破鼉龍殼》中那位慧眼識寶的波斯胡的形象塑造，應該受到此處崑崙奴形象的影響。

元．馬祖常《小圃記》云：「余環堵中治方一畛地，橫縱為小畦者二十一塍。崑崙奴頗善汲，晝日緪水十餘石。」（《石田文集》卷八）

此則講崑崙奴善於園藝。

元．孫炎《午溪集序》云：「孝光在左，仲舉在右，崑崙奴作遞書郵。」（《午溪集》為元．陳鎰撰）

此則言崑崙奴可為主人傳書遞柬。

明．彭大翼《山堂肆考》云：「宋武帝寵一崑崙奴，嘗以杖擊群臣。」（卷一百十二）

最後一則，言一崑崙奴在皇帝的縱容下，居然杖擊群臣。這件事，在史料中有多處記載。這種仗勢欺人的崑崙奴的「負面」形象，在中國古代關於崑崙奴的故事中是頗為罕見的。

除了上引這最後一則材料而外，古書中的崑崙奴形象大都是可愛而又可憐的，也有少量是值得敬佩的。綜合以上史料、筆記、小說等各種書籍中的記載和描寫，我們可以給崑崙奴作如下概括：

「崑崙奴」是唐代以來的中國人對某一人種的外國人的一種稱謂。此人種生活在南洋一帶，通體黝黑如漆，唇紅齒白，髮卷而黃，目睛青碧，指如挺墨，耳似張匙，喜戴紅絨帽，衣雜色粗絨短衫，常握木棒。他們力氣很大，性格淳樸，居住簡陋，習慣生食。崑崙奴具有多方面的才能，園藝、耕作、訓獸、音樂、武術、醫道、鑒寶，尤善水下工夫，入水眼不眨，能伏二三日。唐代，從兩廣的富戶開始，漸次中原豪門貴族，乃至皇帝，多喜收崑崙奴為僕役，亦有外國進貢為皇室奴僕者。但收用崑崙奴時，首先必須改變他們的生食習慣，令其熟食。熟食後，崑崙奴會強烈腹瀉，有的因此而死亡，未死者，方可為奴僕。

崑崙奴的生活是非常淒苦的，他們從遙遠的南洋來到中國大陸，賣身為奴，為主人履行各種繁重的勞作，甚至有時還要為主人而送命。有的死在戰場上，更多的則是死在江河湖海之中。一開始，他們只能大致領會主人的意圖，進而能聽懂主人的語言，最後，他們還得學會漢語。他們性格憨厚，作為奴僕，不知道逃亡，對主人忠心耿耿。但是在主人心目中，他們不過是工具、武器、玩具而已。稍不如意，便加懲罰，若主人惡之，便禁錮終身不使其婚配。

然而，崑崙奴形象的出現，卻大大豐富了中國古代小說的創作。這樣一些來自域外的人群，在唐代以降的社會生活和小說作品中，留下了他們的萍蹤俠影。

但無論如何，中國古代小說尤其是唐人傳奇小說中的崑崙奴都是一個悲劇群體。不管是為神、佛服務的，還是為人、鬼服務的，崑崙奴永遠是「奴」，忠心耿耿的「奴」。更有甚者，像摩訶那樣為了滿足主人的笑樂而葬身水底的崑崙奴，更是悲劇中的悲劇。其實，像磨勒那樣用滿身的武藝去為主人「盜竊」一個美麗的女人，何嘗不也是一種悲劇行為呢？

世界上最公平的事情是人盡其才，物有所值。崑崙奴們為大唐帝國的人們默默無聞地貢獻了自己的一切，創造了不菲的價值乃至不朽的輝煌，但犧牲的卻永遠是他們自己。

因此我說，崑崙奴的萍蹤俠影，是一種悲劇的存在。

（原載《遼東學院學報》2010 年第三期）

牛肅《紀聞》中的傳奇之作

牛肅是生活於盛唐時期的一位文人。他原籍京兆府涇陽縣（今屬陝西），後徙懷州河內縣（今河南沁陽縣）。約生於武后聖曆（698～700）前後，卒於代宗時（762～799），官至岳州刺史。

牛肅所作《紀聞》十卷，今不見全帙，《太平廣記》等書錄存120多條。今雖有鈔本《牛肅紀聞十卷》（藏南京龍蟠里圖書館），然非原書，乃後人從《太平廣記》中輯出。根據《紀聞》本身所提供的信息，大致可以推知是書之寫作和結集時間當在玄宗或肅宗時。

所謂「紀聞」，實乃記錄當世之所聞的意思，然所記又多為怪異之事，因此，《紀聞》中的絕大多數作品便有了紀實與誌異的雙重含義，惜大多篇幅短小、僅為片斷，故而全書不能算作「傳奇」結集，而只能是傳奇、志怪、實錄的綜合體。在120多篇作品中，約有近20篇堪稱「傳奇」之作，它們是：《郗鑒》、《洪昉禪師》、《吳保安》、《裴迪先》、《蘇無名》、《馬待封》、《王賈》、《屈突仲任》、《儀光禪師》、《李思元》、《僧齊之》、《李虛》、《牛騰》、《季攸》、《竇不疑》、《李強名妻》、《淮南獵者》、《葉法善》、《鄭宏之》等。

何以謂之「傳奇」？或者說，傳奇小說與志怪小說的區別主要體現在哪些方面？這一問題，學術界多有探索。筆者綜合諸家之說並參以個人意見，認為一篇傳奇小說必須儘量多地具備下列條件：其一，作者是自覺的而非盲目的；其二，故事是完整的而非片斷的；其三，情節是曲折的而非平直的；其四，人物是鮮活的而非乾癟的；其五，語言是清麗的而非樸拙的。越是充分具備上述條件者，越可被視為標準的傳奇之作。筆者對上述近20篇作品的判定，亦大體根據這幾條標準。

《紀聞》中的傳奇之作雖只有不到 20 篇作品，但其涵蓋面卻十分廣泛，題材內容也十分豐富。談到內容，勢必涉及作品分類問題。《太平廣記》之條目分類至為繁複，計有 91 大類，加上一些所「附」的類別 20 種，竟達 111 類之多。如果將有些大類中的小類再加以統計，則更為複雜了。而且，各類之間的條目數量也嚴重失衡。這至少可以說明兩點：其一，可以看出當時人在選取題材方面的好惡；其二，也有分類不當之嫌。在此，我們對這一百多類別進行簡化，大體分為十類：異遇、公案、情緣、技藝、因果、豪俠、傳記、世態、法術、士流。當然，任何分類方式均談不上絕對科學，只不過是在相對而言的前提下為論述方便而採取的一種「技術性」的措施而已。

按照上述十類標準，《紀聞》中近 20 篇傳奇作品可謂面面俱到。現對這些作品略作歸類分析如下。

一、《吳保安》

《紀聞》中對後世影響最大的作品當是敘寫士流生活的《吳保安》。此篇見《太平廣記》卷 166，原注：「出《紀聞》。」這是一個平淡而又感人的故事：下級官吏吳保安為生計所迫，不得已給未曾識面的同鄉郭仲翔寫了一封求援信，希望能調換一個好一點的工作。郭接信後，隨即請上司李將軍幫助吳解決了問題。吳尚未到任時，郭已隨李將軍出征南蠻，二人又未見面。征南部隊因深入敵境而全軍覆滅，李將軍死於軍中，郭被俘，淪為奴隸。蠻人以高價讓戰俘親屬贖人質，每人贖身費約為絹三十匹，而郭仲翔因係宰相郭元振之從侄，被蠻人勒索至絹千匹，郭不得已向吳保安發出求救信。而當時郭元振已卒，吳保安在收到郭仲翔的書信後，只好獨自承擔拯救朋友的義務。「乃傾其家，得絹二百匹」，然遠遠不足千匹之數。吳保安不得已，在「妻子飢寒，不能自主」的情況下，「十年不歸，經營財物，前後得絹七百匹」，仍不夠。後幸得人協助，才將郭仲翔贖回。至此，「形狀憔悴，殆非人」的郭仲翔方與吳保安第一次見面。後來，當吳保安過世後，郭仲翔又負吳之骸骨「徒行數千里」，「盡以家財二十萬厚葬保安」，並「攜保安子之官，為娶妻，恩養甚至」。吳保安、郭仲翔在未曾謀面之時，即能以赤忱相待，且相互幫助、善始善終，唐人傳奇中寫誠摯友情的作品，當以此篇為最。

除歌頌友情而外，《吳保安》篇還反映了戰爭給人們帶來的災難，揭示了下層官吏謀職之艱難、生活之貧困，具有一定的史料價值。

《吳保安》在寫作上的特點是從容不迫，緩緩敘來，然通過郭助吳謀職、吳替郭贖身以及郭負吳之骸骨、撫吳之遺孤幾個片斷，將吳保安、郭仲翔這兩個信義中朋友的形象塑造得生動感人。而最後又對郭仲翔的蠻中生活作一追記，更使全文避免了平直，具有嘎然而止、餘音不絕的韻味。然作品中吳、郭二人的書信均佔了較大篇幅，這又在一定程度上沖淡了讀者的審美興趣，是該篇明顯的不足之處。

《吳保安》篇所記，乃當時實事，故《新唐書・忠義傳》為吳保安立傳，基本上是《紀聞・吳保安》文字的壓縮，只稍作改動而已。又，清人編《全唐文》，徑錄吳保安、郭仲翔二人往來書信於其中，可見均以此事為信史資料。與此同時，這篇小說對後世文學創作也產生了較大的影響。明代戲曲有沈璟《埋劍記》、鄭若庸《大節記》（佚）均演此故事。馮夢龍編撰之《古今小說》中《吳保安棄家贖友》一篇，則基本上依照此篇改寫而成。

二、《蘇無名》

《紀聞》中，有些作品中人物的名字十分有趣，謂之「張無是」「王無有」「韋處心」「張寓言」「李慮」云云，這些名字的意思無非是表示這些人物是虛構的、無中生有的，而「蘇無名」則是其中最為典型的一個。

《蘇無名》是一篇十分精彩的偵探小說，古人稱之為「公案」小說。該篇的背景是武則天時代，故事發生在洛陽。敘「天后」武則天賜給其女太平公主之「值黃金千鎰」的大批財物被盜，武則天大怒，召洛州長史限三日破案，長史召兩縣縣尉限兩日破案，縣尉召吏卒游徼限一日破案，一時氣氛十分緊張。適逢以「擒奸擿伏」而聞名於世的湖州別駕蘇無名在東都，被推薦破此案。蘇無名先建議「無拘日月」「不追求」，以麻痹賊人。一個多月後，正逢寒食清明，蘇無名又秘密派人在城之東門、北門潛伏，若見有胡人結夥祭掃者便尾隨之，終於一舉而擒盜賊。事後，武則天問蘇無名破案之訣竅，蘇說，他進城那天適逢胡人假出殯，心疑其盜，但不知贓物將運往何處，估計賊人將借掃墓而起贓，故於清明時令人跟蹤，方人贓並獲。

這篇作品篇幅雖短，卻寫得曲折多致。作者彷彿信筆直書，漫不經意，而實際上卻特別善於設置懸念。宮禁之物被盜，誰人如此膽大妄為、手段高超？這是第一懸念。蘇無名接手破案，卻偃旗息鼓、按兵不動，他能否破案？此乃第二懸念。清明時節，派人往東門、北門潛伏，能否抓到盜賊？又是第三懸念。及至抓到賊人之後，人們（包括武則天）自然產生疑問，蘇無名何以如此神機妙算？此乃第四懸念。通篇懸念迭生，此起彼落，令人產生強烈的「讀下去」的欲望，此正是作者高明之處。同時，作者寫蘇無名破案，並非像許多公案小說那樣，是由於鬼神幫助，或者是做了一個相關的夢，而是憑著他對生活的細心觀察和嚴密的邏輯推理，方才取得成功。尤其是當蘇無名已掌握了一些線索之後，並沒有急於行動、打草驚蛇，而是不露聲色、暗中追蹤，直到破案獲贓。整個破案過程寫得絲絲入扣、合情合理。通過這樣的描寫，一個善於觀察、勤於思考的能吏形象就躍然紙上了。

與蘇無名相比，天后武則天便顯得十分暴戾而無能，只知強迫命令。篇中寫天后命長史三日破案，長史命縣尉兩日破案，縣尉命吏卒一日破案，雖如同兒戲一般，卻反映了從天后到各級官吏的專橫無理，恰與蘇無名的精明能幹形成鮮明對比。同時，這樣寫，又為蘇無名的出場作了鋪墊。

這篇作品的人物對話描寫也很精彩，尤其是蘇無名與吏卒、縣尉、長史的對話都十分簡潔明瞭，足以體現他幹練的性格特徵。此外，這篇作品在最後方揭示蘇無名之所以能破案的奧秘，在寫法上也如同《吳保安》篇一樣，表明作者善用這種篇尾追記的方式。所有這些寫作技巧方面的追求，均可標誌著作者牛肅對小說創作的一種主觀能動性的發揮；進而言之，這種「發揮」又標誌著唐人傳奇小說創作主體的「覺醒」。

《蘇無名》篇對後世小說創作、尤其是公案小說的寫作影響頗大。「三言」「二拍」等擬話本小說和《聊齋誌異》等文言小說中有不少折獄判案的精彩之作均由此篇中吸取營養，至於明清兩代的某些公案小說，則大多借助神明、玩弄法術，反不及《蘇無名》之合情合理、意味深長。

三、《儀光禪師》與《季攸》

《紀聞》中的《儀光禪師》《季攸》二篇，均乃在神異的外衣掩抑下的描繪世態人情之作。

儀光禪師本唐朝宗室，其父琅琊王與越王共同起兵反武則天，兵敗被殺，滿門抄斬。儀光時在襁褓之中，由乳母抱而逃之。武則天得知後，搜尋愈急。八年後，乳母懼儀光像貌為人認出，不得已棄之而去，儀光遂成孤兒，四處流浪。幸遇一郡守夫人，賜錢五百，又遇一得道高僧，引導出家。又十年後，唐室中興，求琅琊王後，儀光為朝廷所知，欲迎之歸。然儀光禪師屢拒世塵，一心出家，後終成一代高僧。

該篇表面上寫儀光超凡入聖的過程，然僅篇末有少量神異內容，絕大篇幅乃人間世俗描寫，且其中有一些地方十分精彩。如敘孤兒儀光得郡守夫人賜錢五百後，作者寫道：「師雖幼而有識，恐人取其錢，乃盡解衣置之於腰下，時日已晚，乃尋小徑，將投村野。」寥寥數筆，勾畫出一個身處艱難困苦之中的早熟小兒形象。再如儀光禪師「拒婚」一段，寫得更為細膩：「使君有女，年與禪師侔。見禪師，悅之，願致款曲，師不許。月餘，會使君夫人出，女盛服，多將使者來逼之。師固拒萬端，終不肯。師紿曰：『身不潔淨，沐浴待命。』女許諾，方令沐湯。師候女出，因之噤門。女還排戶，不果入。自牖窺之，師方持削髮刀顧而言曰：『以有此根，故為欲逼，今既除此，何逼之為？』女懼，止之不可，遂斷其根棄於地，而師亦氣絕。戶既閉，不可開，女惶惑不知所出。」作者一枝筆下去，同時寫出了一個癡情女兒和一個禪心堅定的僧人形象，堪稱一刀兩刃。

《季攸》篇寫一民間女子盼望嫁人的故事。會稽主簿季攸攜二女及一甥女之所，有求婚者，季攸先後嫁兩女兒而不嫁甥女。甥女懷恨而死，鬼魂卻自招一「家甚富，貌且美」的楊氏子入墓穴共寢，被其舅父發冢而見之。該女子對其舅父一番譴責，並要求招楊某為婿，定期完婚。至期，楊氏子果卒，與女合葬，做鬼夫妻去了。

男女幽明相配的故事，從六朝志怪到唐人傳奇，再到明清小說，可謂汗牛充棟、不勝枚舉，然未有如此篇鬼女之膽大者。其性格之倔強，行為之果敢，口吻之決絕，在中國小說史上罕有其匹。試看其怒斥舅父一段：「吾恨舅不嫁；惟憐己女，不知有吾，故氣結死。今神道使吾嫁與市吏，故輒引與之同衾。既此邑已知，理須見嫁，後月一日，可合婚姻。惟舅不以胥吏見期而違神道，請即知聞，受其所聘，仍待以女婿禮。至月一日，當具飲食，吾迎楊郎。望伏所請焉。」完全是一種不容置疑的命令口吻，充分體現了這一為愛欲而死的小女子剛強、倔強乃至帶有幾分因被逼迫而形成的橫蠻的個性。

四、宣揚「因果」的四篇作品

《紀聞》的十九篇傳奇作品中，有四篇是以宣揚因果報應為核心的，即：《屈突仲任》、《李思元》、《僧齊之》、《李虛》。這幾篇作品的主旨自然是不足稱道的，但有兩點必須說明：其一，以因果報應為題材的作品在唐人小說中占量很大，在當時，這是一種普遍現象。其二，這四篇作品在宣傳因果的同時，又各有其值得我們注目之處。

《屈突仲任》篇寫一官員後裔屈突仲任，因是獨子，從小被父親嬌縱。父卒後，留下家財數百萬，仲任「縱賞好色，荒飲摶戲」而揮霍一空。破落後，這位公子哥兒便與家僮遠走數十里外盜人牛馬，貯其肉而剝其皮，以此為生。又「性好殺，所居弓箭羅網，叉彈滿屋焉。殺害飛走，不可勝數，目之所見，無得全者。乃至得刺蝟，亦以泥裹而燒之且熟，除去其泥，而蝟皮以刺皆隨泥而脫矣，則取肉而食之。其所殘酷，皆此類也。」因殺生太多，仲任一日暴卒，魂入陰司，所殺動物，紛紛討債。幸其姑父為冥官，為之斡旋，乃得回陽，刺血寫一切經，超度眾生，方免於死罪。這篇故事，後被淩濛初改編成擬話本小說《屈突仲任酷殺眾生，鄭州司馬冥全內侄》收入《拍案驚奇》中，可謂「殺生必有惡報」的代表作。但我們若去掉其迷信色彩，可以將屈突仲任視為今天所宣傳的保護環境、保護生態平衡方面的一個反面教員，從而，從人類生存條件、人與自然之關係的角度對他進行「道義」上的批判。

《李思元》篇寫一人死而復活，故事本身無甚意義，然其中描寫陰司貪污索賄成風，堪稱《聊齋》中《席方平》諸篇之先導。主人公李思元卒後二十一日復蘇，即言曰：「有人相送來，且作三十人供。」又曰：「要萬貫錢送來人。」「又令具二人食，置酒肉。」當又是酒又是肉、又是紙錢送走「鬼使」後，又令「焚五千張紙錢畢」，李思元才對家人敘述了入冥後的所見所聞：「被捕至一處，官不在，有兩吏存焉，一曰馮江靜，一曰李海朝。與思元同召者三人。兩吏曰：『能遺我錢五百萬，當捨汝。』二人不對，思元獨許之，吏喜。」後思元果然被釋放還陽，還陽途中，又遇地藏菩薩。菩薩對思元一頓教誨，而後令手下僧三十人送之。讀到這裡，我們才明白，開篇處「思元初蘇，具三十人食，別具二人肉食，皆有贈益，由此也」。在這裡，陰曹地府分明是人間世界之寫照：「官吏」愛錢，五百萬出售一條人命；「差役」兇狠，押送犯人勒索酒肉錢財；就連「菩薩」座下的僧人也順便打「秋風」，飽齋一頓。這篇作品的諷刺意味是異常強烈的。

《僧齊之》篇與《李思元》篇旨趣相同，寫僧齊之被拘人陰司，逢冤案，幾喪命。原來是齊之同寺僧人何馬師與寺中青衣婢私通，青衣後有異志，馬師遂於寺主前誣告青衣。寺主命人痛打青衣幾死，齊之當時在旁，曾勸寺主勿打，寺主不聽，鞭打婢至死。而青衣婢死前「楚痛悶亂」，誤以為齊之勸誡之辭為勸殺之辭，故死後告齊之於冥間。當齊之將事情原委講清並聲明「殺人者寺主，得罪者馬師」時，奇怪的事情發生了，冥王令抓二人，不料均不能追到。原因何在？且看以下對話：王曰：「追寺主。」階吏曰：「福多不可追。」曰：「追馬師。」吏曰：「馬師命未盡。」王曰：「且收青衣，放齊之。」一場人命官司，就這樣葫蘆提不了了之，原來陰間的」王」與人間的「王」一樣糊塗混帳。那麼，齊之為何要被迫入冥呢？僅僅因為青衣婢枉告嗎？不是！當齊之還陽時，也碰上了地藏菩薩，菩薩告訴他：「汝緣福少，命且盡，所以獨追。」這真是強盜邏輯，有福有命者，明明有罪，冥王不敢碰；無福無命者，並無過失，小鬼亦可追。人世間的人身等級制度原來在陰曹地府照樣有效，那麼，貧苦的人兒將向何處立足生存？不管作者在揭示這一問題時是否有深刻的含意，總之，這一篇作品的客觀意義、認識價值正在於此。

《李虛》篇亦寫一因果報應事，了無意義。唯其中描寫李虛被釋放還陽時途經陰曹地府的街道一段頗妙：「王曰：『放李明府歸。』仍敕兩吏送出城南門。見夾道並高樓大屋，男女雜坐，樂飲笙歌。虛好絲竹，見而悅之。兩吏謂曰：『急過此，無顧，顧當有損。』虛見飲處，意不能忍行，佇立觀之。店中人呼曰：『來！』吏曰：『此非善處，既不相取，信可任去。』虛未悟，至飲處，人皆起，就坐奏絲竹。酒至虛，酬酢畢，將飲之，乃一杯糞汁也。」除了最後美酒變作糞汁的「當頭棒喝」有些煞風景而外，這段描寫有聲有色、維妙維肖，酷似人間市井生活，可見作者在生活場景的描摹方面具有較高的水平。

五、豪俠類作品三篇

描寫英雄豪俠的傳奇作品，在《紀聞》中有《竇不疑》、《淮南獵者》、《鄭宏之》三篇，然三篇作品的意義並不相同。

《竇不疑》篇寫一不怕鬼魅的好漢，曾勇射方相，然年老後終為鬼魅圍攻、戲弄而病卒。全篇似有點兒「東海黃公」的意味，年輕氣盛的勇士，年老而志氣不衰，唯精力不濟，終為敵所困。然作者寫竇不疑的行為卻十分生動，且看幾個片斷：「不疑為人勇有膽力，少而任俠，常結伴數人，鬥雞走狗，樗蒱一擲數萬，皆以意氣相期。」「不疑既至魅所，鬼正出行。不疑逐而射之，鬼被箭走。不疑追之，凡中三矢。鬼自投於岸下，不疑乃還。」「廳房內有床，不疑息焉。忽梁間有物墮於其腹，大如盆盎。不疑毆之，則為犬音。自投床下，化為大人，長二尺餘，光明照耀，入於壁中，因爾不見。」通過幾個片斷的描寫，竇不疑這麼一位膽氣過人而又不怕鬼魅的豪俠之士的形象便躍然紙上了，而且給人留下的是一種「整體」印象。

《淮南獵者》寫一獵人被一大象莫名其妙地馱入森林中一大樹之上，原來林中有一怪獸，專食大象。後獵人射死此巨獸，群像感恩，多以象牙相贈，此人遂大富。與此篇相類似的故事，在戴孚《廣異記》中有一篇《安南獵者》，情節基本相同，戴孚與牛肅乃同時人，二作品不知孰為先後。又裴鉶《傳奇》中有《蔣武》一篇，乃獵人射大蛇而救群像的故事，結局亦同此二篇，然時間較晚。這類故事，反映了人們懲強救弱、除暴安良的心理。透過那童話般的描寫，體現的乃是如同《水滸傳》等豪俠小說中那種「路見不平，拔刀相助」的江湖好漢的精神氣質。《淮南獵者》中寫怪獸一段頗為精彩：「俄而有一青獸，自松樹南細草中出。……其大如屋，電目雷音。來止磐石，若有所待。」接下去，寫獵人射怪獸一段也頗簡潔有力：「於是引滿，縱毒箭射之，洞其左腹。獸既中箭來趨，獵夫又迎射貫心。獸踣焉，宛轉而死。」一個獵人站在樹上，面對一個「其大如屋，電目雷音」的巨獸，以箭連連射之，這場人獸之鬥，真夠驚心動魄了。

《鄭宏之》篇寫縣尉鄭宏之殺狐精一窩，拘其首領千歲通天狐。後來狐精被一黃犬精所救，鄭宏之又擒犬精，犬言若不殺己則必報恩，宏之釋之。犬精後屢示宏之爵祿，必中，宏之官至刺史而終。此篇作品中間幾次寫鄭宏之與老狐鬥、與黃犬鬥，並一一制服之，很能體現這一下層官吏過人的膽略和勇氣。同時，該篇也反映了人們希望戰勝精魅、變禍為福的普遍心理。

六、其他作品

《紀聞》中的傳奇之作，除以上評介過的作品之外，尚有寫一高僧數入冥界天堂之《洪昉禪師》、敘一官員一生大事之《裴迪先》、敘一「謫仙人」生平異事之《王賈》，這三篇均可視作「傳記」類作品。另有寫一公子生命垂危，幸遇一神人教一咒法而相救之《牛騰》、寫一狐化作胡僧誘人家婦女入幻境，後終為法師以術勝之的《葉法善》，這兩篇可謂「法術」類作品。還有寫凡人遇有道者而入山求道，終於未果的故事之《郗鑒》，乃「異遇」類作品。最後值得一提的是「情緣」類作品《李強名妻》和「技藝」類作品《馬待封》。

《李強名妻》寫一女子死而復活、活而復死，此類故事在唐人小說中很多，本不足為奇。此篇之引人注目處則在於這位女子的丈夫李強名對妻子的一往情深。且看：「隴西李強名，妻清河崔氏，甚美，其一子生七年矣。開元二十二年，強名為南海丞，方暑月，妻因暴疾卒。廣州囂熱，死後埋棺於土，其外以墼圍而封之。強名痛其妻夭年，而且遠官，哭之甚慟，日夜不絕聲數日。」後來，他終得妻子夢中相告，天帝命其復活矣。在中國古代更僕難數的戲曲小說作品中，癡情女子負心漢的故事太多了，像這樣的癡情丈夫實為罕見。這一篇義夫哭妻的故事，應該對後世《荊釵記》以及某些才子佳人小說中的「王十朋」式的癡情男兒的形象塑造有所影響。

《馬待封》寫一奇工巧匠能做各種奇巧之物的故事。主人公馬待封能改修「指南車」、「記裏鼓」、「相風鳥」等，自不待言。他為皇后所造的梳妝設施則更是精彩絕倫：「待封又為皇后造妝具，中立鏡臺，臺下兩層，皆有門戶，後將櫛沐，啟鏡奩後，臺下開門，有木婦人手執巾櫛至。後取已，木人即還。至於面脂妝粉、眉黛髻花，應所用物，皆木人執繼至，取畢即還，門戶復閉，如是供給皆木人。後既妝罷，諸門皆闔，乃持去。其妝臺金銀彩畫，木婦人衣服裝飾，窮極精妙焉。」這種記載，當入我國古代科技史。馬待封所做的「木婦人」，似乎應稱之為早期的最原始的「機器人」，這從一個角度反映了唐代科技的進步。然而，具有諷刺意味的是，這樣一位技藝超凡的能工巧匠，竟不為朝廷所重視。皇帝只取其研究成果而輕賤其人，故而使馬待封的自尊心一再受挫。「敕但給其用，竟不拜官，待封恥之。」「即屬宮中有事，竟不召見，待封恨其數奇」。最終只好「變姓名隱於西河山中」。這些，正反映了中國封建統治者重政治、重倫理而輕科技的可悲心理，而這種可悲心理恰恰又是阻礙中國社會進步的一個重要因素。

在對《紀聞》中的傳奇之作進行了一些粗略的分析之後，我們有必要對這部小說集在中國小說史上的地位問題略談一二。

首先，在今傳《紀聞》的 120 多則故事中，有近六分之一的作品堪稱傳奇小說，這個比例相對於中晚唐的《玄怪錄》、《續玄怪錄》、《集異記》、《原化記》、《甘澤謠》、《傳奇》、《三水小牘》這樣一些傳奇作品占量很大的作品集而言，當然是小巫見大巫了。但在盛唐時代，一個集子中已包含有如此眾多的傳奇作品，據目前所知，尚屬首次。這是《紀聞》在小說史上之地位的第一點。

其次，《紀聞》中上述的 19 篇作品，竟然囊括了傳奇小說的幾大主要類別之題材內容：異遇類、公案類、情緣類、技藝類、因果類、豪俠類、傳記類、世態類、法術類、士流類，幾乎全方位地反映了當時人們的社會生活和精神狀態。這是《紀聞》在小說史上地位的第二點。

再次，不少篇章描寫之細膩、人物之生動、情節之曲折，乃至注意到一些寫作技巧等等，《紀聞》也為後世小說創作起到了一種示範作用。這大概要算這部小說集在中國小說史、尤其是唐代小說史之地位的第三點了。

（原載《廣東職業技術師範學院學報》2001 年第一期）

論《博異志》中的傳奇之作

《博異志》，一作《博異記》，谷神子撰。據晁公武《郡齋讀書志》，谷神子另有《老子指歸》十三卷。谷神子是誰？有三說：鄭還古、馮廓、裴鉶，現在一般傾向於鄭還古說。鄭還古字號不詳，家居洛陽，元和間進士，官終國子博士。《博異志》一書，《新唐書・藝文志》、鄭樵《通志》皆云三卷，《宋史・藝文志》、《郡齋讀書志》、陳振孫《直齋書錄解題》、馬端臨《文獻通考》皆云一卷。原書已佚，《太平廣記》錄存 35 條，後人有輯本。

《博異志》是一部兼有傳奇和志怪兩種類型的小說集，其中的傳奇小說有十餘篇，它們是《崔玄微》、《張不疑》、《許漢陽》、《白幽求》、《呂鄉筠》、《張遵言》、《李黃》、《馬燧》、《崔無隱》、《陳仲躬》、《閻敬立》、《李全質》、《沈恭禮》、《鄭潔》、《木師古》、《崔書生》。本文的基本任務，就是對這些傳奇小說作品進行綜合分析，尤其是其中某些篇章在中國文學史上所產生的影響，並探討它們在唐代傳奇小說發展進程中的地位和作用。

一

在上述十幾篇傳奇小說中，寫得最多的是「異遇」題材。這裡有遇花神、風神的《崔玄微》，有遇龍女的《許漢陽》，有遇真人的《白幽求》，有遇鏡妖的《陳仲躬》，還有吹笛者的奇遇（《呂鄉筠》），養犬者的奇遇（《張遵言》），更有甚者，遇白蛇而殞命者有之（《李黃》），遇狐姊而救命者有之（《馬燧》），遇鬼而送驛馬、飯食者亦有之（《閻敬立》），還有那陰官、小鬼也知報恩的《李全質》和《沈恭禮》。總之是形形色色的遭遇，造成了一個又一個奇奇怪怪的故事。

除了「異遇」類的作品之外，上述傳奇小說中還有「法術」類的作品《張不疑》，「公案」類的作品《崔無隱》，「因果」類的作品《鄭潔》，「豪俠」類的作品《木師古》以及「情緣」類的作品《崔書生》。通過以上排列，我們已經可以非常明白地看到一個事實：《博異志》的傳奇作品從內容上講有兩大特點，一是題材頗為廣泛，二是「異遇」類作品獨受作者青睞。

那麼，作者為什麼獨獨喜愛「異遇」題材的作品呢？我認為原因有二。其一，尋找新奇的刺激是當時的一種社會心理；其二，通過奇奇怪怪的故事來達到箴規世人的目的。

《博異志》產生在「安史之亂」平定後半個多世紀的時候，五六十年前的那場浩劫給幾代人留下了慘痛而深刻的印象。更有甚者，「安史之亂」雖然被撲滅了，但戰爭的陰雲卻長時間籠罩著中華大地，大唐帝國不僅從此而走向衰敗，而且它的子民們也長時間生活在一種惡劣的環境和痛苦的心境之中。痛定思痛，是一層痛苦；現實中的軍閥混戰，是又一層痛苦。谷神子生活的元和以降的時代就是這麼一個充滿著多重痛苦的時代。苦難深重的人們擺脫痛苦有許多種方法，其中頗為有效的一條就是尋求刺激、新鮮的刺激，用想入非非的東西來麻痺自己的思想，從而達到心靈的安逸，哪怕是暫時的安逸。而「異遇」，恰恰是那些新鮮刺激的一種。形形色色的遭遇，奇奇怪怪的故事，甚至於令人匪夷所思的環境、氛圍，都是人們痛苦心靈的安定劑。如《許漢陽》篇中，許漢陽所遊歷的環境是「竹樹森茂」的湖岸，「亭宇甚盛」的處所，而庭院之中則更美了：「見滿庭皆大池，池中荷芰芬芳，四岸斐如碧玉，作兩道虹橋以通南北。北有大閣，上階，見白金書曰『夜明宮』。四面奇花果木，森聳連雲。」「其中有奇樹高數丈，枝幹如梧，葉似芭蕉，有紅花滿樹未吐，盎如杯。」美景如此，生活在其間的女人呢？更是秀色可餐。「有二青衣，雙鬟方鴉，素面如玉，迎舟而笑。」「見女郎六七人，目未嘗睹，皆拜問所來。」而這些女郎做法在花上的小女郎則更美：「每花中，有美人長尺餘，婉麗之姿，掣曳之服，各稱其質。」如此良辰美景，好女嬌花，實在是令人流連忘返。然而，在優美的環境和動人的故事後面，往往蘊藏著隱隱的殺機；而那些絕代佳人卻往往又是嗜血的羅剎。當主人公從那美妙的世界回到現實中以後，才明白那美麗的環境不過是「空林樹而已」，那六七女郎乃「水龍王諸女及姨姊妹」，那花間小美人則是被龍女溺死的民間女子，那麼，許漢陽所喝的美酒是什麼？請看：「漢陽默然而歸舟，覺腹中不安，乃吐出鮮血數升，知悉以人血為酒爾。」真令人觸目驚心！諸如此類的描寫，在《李黃》《張遵言》等篇中亦可見到。美好與醜惡，善良與殘暴，安寧與恐怖，總是交織在一起，反映了天下大亂之後人們美好的理想追求和混亂現實在他們頭腦中的投影。

谷神子在《博異志序》中曾說：「夫習讖譚妖，其來久矣。非博聞強識，何以知之。……余放志西齋，從宦北闕。因尋往事，輒議編題，類成一卷。非徒但資笑語，抑亦粗顯箴規，或冀逆耳之辭，稍獲周身之誡。」由此可見，《博異志》中的某些作品是寓有訓誡箴規意味的。除上述《許漢陽》一篇的諷戒已十分明顯外，再如《李黃》篇寫白蛇化作美女而迷惑男子，《李全質》《沈恭禮》二篇分別寫知恩圖報的陰官或義鬼，均乃如此。當然，在「果報」類作品《鄭潔》中，則通過因果報應的方式來體現箴規訓誡。如《李全質》篇中寫一紫衣陰官急需佩帶一根以救厄，李全質贈送給他以後，「是夜，全質才寐，即見戴圓笠紫衣人來拜謝曰：『蒙賜佩帶，慚愧之至。無以奉答，然公平生水厄，但圍困處，某則必至焉。』」後來，果然救李全質於水厄之中。這是勸世人行善積德的箴規訓誡，還有勸世人不要被美麗的假象所迷惑而送掉性命的箴規訓誡，最有代表性的便是《李黃》。公子李黃出門在外，碰到一絕色女子：「李潛目車中，因見白衣之姝，綽約有絕代之色。」後來，在近處觀看，那女子更是美不堪言：「素裙粲然，凝質皎若，辭氣閒雅，神仙不殊。」經過苦苦追求，並花錢三十千，李黃終於和這袁姓女子喜結良緣，並「一住三日，飲樂無所不至」。結果，當李黃回家時，他的僕人就覺得他「腥臊氣異常」。回家後，睡在被子中，一邊和妻子說話，一邊就走到了生命的終點：「口雖語，但覺被底身漸消盡。揭被而視，空注水而已，惟有頭存。」最後，家里人去尋找李黃獵豔場所，「乃空園，有一皂莢樹，樹上有十五千，樹下十五千，余了無所見。問彼處人，云：『往往有巨白蛇在樹，便無別物。』姓袁者，蓋以空園為姓耳」。諸如此類的諷戒故事，在此後的文學創作中，還被重複了幾百千次，《博異志》中的這些故事是出現得比較早的，尤其是《李黃》，在白蛇的傳說故事中，是最早的範型之一。

然而，在《博異志》的「異遇」類傳奇作品中，寫得最精彩同時也最為複雜的則是《張遵言》篇。該篇寫書生張遵言無意中收養了一條白犬「捷飛」，精心呵護四年之久。不料，這隻白犬卻是「太白星精」蘇四郎。後來，四郎報張遵言的恩德，救其性命，並帶他到閻羅殿中游玩。這個知恩圖報的故事本來是很單純而普遍的，但有兩個方面的描寫造成了它的複雜性。其一，四郎酬張遵言之恩而脫其厄難，並不是以個人的能力，或以下抗上，甚或以性命相搏，而是以權勢地位壓人，甚至是以夜叉小鬼們的性命換取張遵言的安全。對於此，四郎一開始就很明確，他對張遵言說：「君今災厄合死，我緣受君恩深，四年已來，能活我，至於盡力輟味，曾無毫釐悔恨。我今誓脫子厄，然須損十餘人命耳！」隨後，他們碰到了幾夥奉閻王之命追取張遵言魂魄的小鬼、夜叉等，這些「鬼物」如果不能完成任務，必將被閻王懲處而死於非命。那麼，蘇四郎對他們的態度如何呢？要麼「喝問」，要麼「大怒」，甚至呵斥他們，使之「崩倒者數十步外，流血跳迸」。而這些小鬼夜叉在四郎的淫威面前，或「憂恚啼泣」，或「啼泣暗嗚而去」，最終，全都被閻王爺處死。這樣，就在蘇四郎知恩圖報的英雄俠義性格中，蒙上了一層殘忍、粗暴的陰影，使這個人物變得分外複雜起來。其二，蘇四郎最後在閻王擺設的宴席上乘醉調戲女仙劉根妻，「有頃，四郎戲一美人，美人正色不接，四郎又戲之。」在作者本意，這樣描寫，或許是為了顯示四郎「仙格」之高，而實際效果卻適得其反，恰恰讓人感覺到四郎「人格」之低下，頗有些像後世戲曲小說中所描寫的花花太歲高衙內之流。這又從另一個角度構成了這篇作品思想內容的複雜性。我們這樣分析《張遵言》篇，並不是說它寫得不好，恰恰相反，能寫出性格複雜而又與眾不同的人物的作品，才是優秀的作品，這已經是被千萬次的文學創作實踐所證明的不刊之論。

除上所述，《博異志》中的「豪俠」類作品《木師古》也寫得不錯。遊子木師古，投宿僧舍，寺僧不讓他住客房。原來客房是凶宅，師古得知這一情況後，越發要住進去。結果，在凶宅中他勇敢地殺死兩隻「每翅長一尺八寸」的蝙蝠精。這種孤膽英雄入凶宅而殺妖精的故事，在唐代傳奇小說中比較多見，《木師古》是寫得頗為簡短緊湊而又精練生動的一篇。此外，「情緣」類作品《崔書生》寫一書生與古代豔鬼相戀的故事，雖然也是唐代傳奇常見的題材，但卻寫得曲折動人。尤其是結尾處，主人公於古墓得芳蹤，「崔生感之，急為掩瘞依舊矣」。頗富人情味，且餘音嫋嫋，耐人尋味。

二

從《博異志》現存的十幾篇傳奇小說作品來看，谷神子是一個很有寫作水平的小說家。換句話說，《博異志》中的一些傳奇作品具有較高的審美價值。

首先是描寫的生動。如《崔玄微》篇中寫花神、風神化作的女子在一起飲酒做詩，發生小小的糾葛，作者對這一場面進行了生動的描寫：「至十八姨持盞，性頗輕佻，翻酒污阿措衣。阿措作色曰：『諸人即奉求，余不奉畏耳！』拂衣而起。十八姨曰：『小女子弄酒。』皆起，至門外。」在這裡，十八姨開始的輕佻、後來的自我解嘲，阿措的個性倔強、不留情面，以及眾人的不歡而散，都寫得生動活潑、躍然紙上。而且，用筆十分經濟，確實達到了以少少許勝多多許的地步。再如《陳仲躬》篇寫一鏡妖為迷惑男子，在井底幻化出美人模樣：「忽見水中一女子，其形狀少麗，依時樣妝飾以目仲躬。凝睇之際，以紅袂半掩其面微笑。妖冶之姿出於世表。」如此妖冶、時髦而又會煽情的美女，無怪乎能夠誘使不少多情的男兒跳入水井之中去作生命之戀了。讀到這樣的文字，我們不由得不佩服作者生花妙筆的靈動。

其次，在生動描寫的前提下，作者還十分注重意境的開拓。如《呂鄉筠》篇對一位神秘的老者（懷疑是龍王）奇特的笛聲的描寫：「抽笛吹三聲，湖上風動，波濤沆瀁，魚鱉跳噴，鄉筠及童僕恐聳讋栗。五聲六聲，君山上鳥獸叫噪，月色昏昧，舟楫大恐。老父遂止，引滿數杯。」笛聲本是訴之於聽覺的，作者卻運用了通感的藝術手法，以視覺來強化聽覺，通過在場人物對身邊景物的「看」（當然也有「聽」）來達到描寫笛聲無窮威力的效果。從而，在生動而帶有神秘意味的描寫中，把人帶到一種陌生而神奇的意境之中，讓人得到了一種美的享受。再如《崔書生》篇中寫崔書生與一女子（其實是豔鬼）做了一段時間的恩愛夫妻以後，「其妻推崔生於後門出。才出，妻已不見，但自於一穴中。」這時，這位十分沮喪的書生看到了什麼呢？作者寫道：「唯見芫花半落，松風晚清，黃萼紫英，草露沾衣而已。」傷心的主人公，所看到的就是如此令人傷感的景象。環境與心境，就這樣達到了和諧的統一。這就是一種意境、一種詩一般意境的創造。

再次，離奇曲折的故事的編造。作為創造小說的作者，尤其是中國古代小說的作者，有一個根本而又重要的任務，那就是他必須善於編故事。只有生動的故事才能吸引讀者，而只有吸引了讀者之後，你的作品才能夠肩負傳道、翼史、箴規、訓導等任務。這就是所謂寓教於樂，讓讀者在不知不覺的審美享受中接受某種道理和規勸。《博異志》中傳奇作品的故事多半都是很曲折、很精彩的，其中，最有代表性的是《崔無隱》篇。該篇開始即寫一僧「當面鼻額間，有故刀瘢，橫斷其面」。這樣，就給人造成一個懸念：作為和尚，臉上為什麼有刀瘢，這刀瘢是怎樣造成的？接著，作者通過和尚的自敘，給讀者展示了一個驚心動魄的公案故事。這位和尚到漢南去尋找多年經商在外的兄長，某夜，經人指示，前行三五里方有住宿之處。下面，就開始了主人公歷險的過程：

> 聞言而往，陰風漸急，颯颯雨來。可四五里，轉入荒澤。莫知為計，信足而步。少傾，前有燭光。初將咫尺，而可十里方到。風雨轉甚，不及扣戶而入。造於堂隍，寂無生人，滿室死者。瞻視次，雷聲一發，師為一女人屍所逐。又出，奔走七八里，至人家。雨定，月微明，遂入其家中。門外有小廳，廳中有床榻。臥未定，忽有一夫長七尺餘，提白刃自門而入。師恐，立於壁角中。白刃夫坐榻良久，如有所候。俄而，白刃夫出廳東。先是，有糞積可乘而覘宅中。俄又聞宅中有三四女人，於牆端切切而言。須臾，白刃夫攜一衣襆入廳，續有女人從之，乃計會逃逝者也。白刃夫遂云：『此室莫有人否？』以刃繞壁畫之。師帖壁定立，刃畫其面過，而白刃夫不之覺，遂攜襆領奔者而往。師自料不可住，乃捨此又前。走可一二里，撲一古井中。古井中已有死人矣。

此後，又因為這具女屍而引起一場官司。這段描寫，幾經曲折，而且驚險萬分。有令人恐怖的環境，有追趕客人的女屍，有手提白刃的男子，有藏匿井中的冤魂。更有甚者，白刃夫的刀鋒居然畫到了主人公的臉上，古井中的屍體就在主人公的身邊。如此驚險曲折的描寫，毫無疑問增強了故事的可讀性。而作為一篇小說作品，如果沒有可讀性就意味著沒有讀者，在古老的中國尤其如此。《博異志》中的許多篇作品，都不同程度地具備這種可讀性，其根本原因就在於作者給讀者設置了一個又一個神奇瑰麗的場景，編造了一個又一個離奇曲折的故事。傳奇、傳奇，不「奇」怎麼能叫做「傳奇」呢？

三

《博異志》產生於中唐，這正是傳奇小說鼎盛的時代。在唐代傳奇發展演變的過程中，《博異志》的地位不可忽視；在中國古代小說史上，《博異志》的影響也不可忽視。

首先，《博異志》是一部傳奇與志怪混合的小說集，但在它現存的作品中，卻有將近一半是傳奇，這本身就是一種標誌。一般認為，唐代傳奇小說的發展可分為三個階段。初盛唐是轉變階段，即由六朝志怪小說逐步轉化為傳奇小說的階段。中唐是鼎盛階段，即傳奇小說的創作取得全面發展並逐步定型的階段。晚唐是延續階段，即傳奇小說的創作持續發展的階段。在中唐這一階段中，相比較而言，單篇傳奇小說的創作比較發達，而純粹的傳奇小說集還比較少見。當時的文言小說集，多半是以志怪小說為主，中間夾有少量的傳奇作品。如牛肅《紀聞》、戴孚《廣異記》、張薦《靈怪集》、牛僧孺《玄怪錄》、李復言《續玄怪錄》、盧肇《逸史》等均乃如此，而這些作品集恰恰都產生於《博異志》前前後後。這就充分說明了《博異志》標誌著傳奇小說所佔比例在文言小說集中的增加，或者說，標誌著文言小說集向著「傳奇化」的道路上邁進了一大步，從而，為晚唐比較純粹的傳奇小說集如裴鉶《傳奇》、袁郊《甘澤謠》、皇甫枚《三水小牘》等作品的出現打下了基礎。

其次，《博異志》中的優秀傳奇作品在寫人藝術、情節設置、文學語言等方面所取得的成就，在本文上面兩節中已有分析。如《張遵言》中複雜性格的塑造，如《陳仲躬》中人物情態的描寫，如《崔無隱》中的懸念設置，如《崔書生》中的抒情意味，所有這些，在唐代傳奇小說中都是出類拔萃的。值得進一步強調的是，就這幾個方面而言，《博異志》在唐代傳奇小說、尤其是彙集成編的傳奇小說集中起到了承前啟後、繼往開來的作用。

最後，關於《博異志》中某些作品對後世戲曲小說創作的影響，那更是一個值得專門論述的話題。在這裡，我們不作過多的展開論述，只稍稍作點羅列就可說明問題了。《崔玄微》篇被用作《醒世恒言·灌園叟晚逢仙女》的入話，清代又被改編為雜劇《衛花符》;《李黃》篇則是「白蛇傳」故事的最早形態之一，據此改編的戲曲、小說以及民間講唱文學作品更是汗牛充棟;《崔無隱》篇為《拍案驚奇》卷三十六《東廊僧怠招魔，黑衣盜奸生殺》所本;《呂鄉筠》篇亦乃《西湖二集·吹鳳簫女誘東牆》的入話本事之一。還有如《木師古》《崔書生》《李全質》等篇，對後世文學創作都產生了不同程度的隱性影響，篇幅所限，就不一一贅言了。

（原載《孝感職業技術學院學報》2003 年第一期）

論戴孚《廣異記》中的傳奇之作

《廣異記》的作者戴孚，譙郡（今安徽亳縣）人，與顧況同為至德二年（757）進士，授校書郎，終饒州錄事參軍，卒年 57 歲。

據顧況《戴氏廣異記序》稱，全書有「二十卷十餘萬言」，然多散佚。《太平廣記》收錄《廣異記》作品 300 餘條。今存抄本六卷，當為輯佚本。

《廣異記》成書於大曆年間，所記多為戴氏在各地為官時所收集之大曆以前的唐代故事，尤以玄宗朝為多，然有不少內容與他書雷同因襲。全書規模宏大、題材廣泛，以志怪為主，大多篇幅短小，未脫六朝窠臼，然其間若干篇章情節曲折、富於文采，堪稱傳奇之作。筆者初步統計排比，這類傳奇之作約有 45 篇左右。在唐代傳奇發展史上，《廣異記》堪稱一部重要的作品集，其傳奇含量之多是空前的。

《廣異記》中的傳奇之作所包含的內容是十分豐富的，其中，「豪俠」類作品有《勤自勵》《安南獵者》《崔敏慤》《李霸》四篇，「法術」類作品有《戶部令史妻》《趙州參軍妻》《張李二公》《長孫無忌》《李參軍》《丁約》《鄭相如》《仇嘉福》《成弼》《楊伯成》《汧陽令》《唐參軍》十二篇，「公案」類作品有《三衛》《黎陽客》《張鋌》《閻庚》《閬州莫徭》五篇，「情緣」類的作品有《汝陰人》《華嶽神女》《王玄之》《李陶》《劉長史女》五篇，「世態」類作品有《李麐》《楊瑒》《蔡四》《郜澄》《李氏》《韋明府》六篇，「因果」類的作品有《盧氏》《劉鴻漸》《王琦》《張御史》《鉗耳揞光》《張嘉祐》《宇文覿》《韋延之》《裴齡》《鄧成》十篇，「士流」類作品有《常夷》一篇。筆者為研究的方便，曾將古代傳奇小說擬分為十大類別，而《廣異記》中的傳奇之作竟佔了除開「傳記」「技藝」二類之外的其他八大類，由此亦可見是書取材範圍之廣泛。下面，對《廣異記》中某些有特色或效果佳的傳奇作品作一些分析評價。

一

「豪俠」類中的《勤自勵》一篇，敘勤自勵自幼聘妻林氏，未婚，而自勵從軍安南，十年歸，林氏迫於父母之命而改嫁他人。自勵聞之甚怒，仗劍赴婦家，因大雨而入一樹洞藏身。洞中有幼虎三，殺之。後大虎至，銜一物置洞中而去。自勵捫之，乃一女子，問之，乃其妻林氏。蓋林氏因不願改嫁而自縊，為虎所銜至此。二人正敘衷腸，虎歸，倒身入洞，自勵揮劍斬之，攜妻歸。本篇寫勤自勵之性格倔強、剛毅，頗為動人，故事則離奇而不曲折，以巧合法維繫其間，在唐人傳奇中本不算上乘之作，然對後世小說創作影響甚大。「三言」之《大樹坡義虎送親》乃據此篇改造而成，人物姓名、故事梗概大體未變，然意趣相反，言猛虎曾受勤自勵之恩，故銜其妻以報，當然無殺虎一節。這樣，就將一豪俠故事改造為一果報故事，雖在情節方面描寫更為細膩、周到，避免了過分「巧合」，但立意未必高於《廣異記》。又，此篇對勤自勵殺虎過程的描寫，又為《水滸傳》所接受、借鑒。《水滸傳》中李逵沂嶺殺四虎，亦乃先殺虎崽於洞中，後大虎倒身進洞，李逵以樸刀殺之。由此亦可見《水滸傳》這種積累型的小說對以前諸多文學樣式的吸收、學習和改造。

《崔敏慤》一篇亦乃奇文。通過崔敏慤誤入陰間而還陽的故事，充分體現主人公威武不能屈、富貴不能移的剛強性格和豪邁氣概，對後世小說如《聊齋》中之席方平輩卓有影響。該篇寫崔敏慤言行虎虎有生氣，其形精光四射，其言擲地有聲，且看他橫眉冷對項羽神靈而蔑視之的一段說詞：「鄙哉項羽，生不能與漢高祖西向爭天下，死乃與崔敏慤競一敗屋乎？且王死烏江，頭行萬里，縱有餘靈，何足畏也。」這已不僅僅是對項羽其人功過是非的一種嘲諷式的歷史評判，而是隱寓著對那些懼強凌弱的人間「高貴者」的抗議和嘲弄了。

《廣異記》中另外兩篇「豪俠」題材的傳奇之作，雖不及上二篇卓有影響，然亦有可注目處。《安南獵者》與牛肅《紀聞》中的《淮南獵者》故事雷同，寫一獵人為救群像而殺一巨獸的故事。至若《李霸》一篇，寫李霸生前清廉而酷暴，死後卻顯靈索要財物與妻兒安身。因其生前為官清廉，故死後妻兒生活無著落，又因其生前秉性殘暴，故死後顯靈，群吏恐懼。如此，正可謂寫出了人物性格的多層面，且符合生活邏輯。作品思想意義或許不大，然寫李霸死為鬼雄，豪氣可掬，怒斥諸吏，威懾群僚，亦乃解穢文字。

二

「法術」類的傳奇之作，在《廣異記》中占量頗大。究其原因，實乃承六朝志怪之餘風的一種表現。在上面列舉的十二篇作品中，內容十分複雜，大要而言，又可分為以下幾種情況。

其一，妖法迷人或引起鬥法的故事。如《戶部令史妻》，寫一令史之妻為妖法所迷，後為胡人所破。《長孫無忌》寫長孫美人為狐所魅，後為崔參軍招五嶽神而破之。《李參軍》寫狐犬之鬥，卻因婚愛起，且老狐道法高，凡犬亦不懼。《楊伯成》寫一雄狐魅官宦人家女兒，無人可治，後為道人收去。《汧陽令》寫羅公遠與千年老狐鬥法故事。《唐參軍》寫一雄狐為友報仇而戲弄唐參軍。如此等等，均屬此類。

其二，顯示仙家妙用、法術高明的故事。如《張李二公》寫張李二人學道，張某成仙，而李入仕。後二人重相見，張示李以仙家妙處，且招李妻之生魂為之彈箏，以使李某警悟也。此類故事，在唐人傳奇中特多，若《玄怪錄・張老》、《續玄怪錄・裴諶》、《逸史・盧李二生》，均其儔也。再如《丁約》篇寫一兵卒丁約實乃神仙，法術高強。《鄭相如》篇則寫一文人料事如神，有借預言寫政治之寓意。《成弼》篇頗為特別，寫一人斷仙師之手足而掠奪其仙丹，後此人懷丹為皇帝煉金，不果，亦被斷手足而殺之。雖諷刺了背義忘恩之人，然究其實，亦乃寫仙家妙用。

其三，神道奪人之妻的故事，如《趙州參軍》《仇嘉福》等。這在「法術」類作品中最有意義，而其意義主要在於通過對神道搶奪生人之妻的描寫，影射了現實生活中那些花花公子、紈絝子弟強搶人妻的罪惡行徑。

五嶽山神乃道教傳說中的一方神祇，五百年更換一次，民間將他們視為護祐一方平安的尊神。不料他們及其子弟卻多有霸佔人妻、索賄徇私的惡行，反成為人間禍害。這一點，在上述幾篇作品中反映得十分深刻和生動。《趙州參軍妻》寫泰山三郎奪趙州盧參軍新婚的妻子，並公然怒斥前來查詢的功曹。《仇嘉福》一篇則寫華山神搶鄧州崔司法妻，並強詞奪理，對抗太乙神使者。此二人，一個是泰山三郎，一個是華嶽自身，均強搶他人之妻，而且被搶的對象，並非一般百姓，均乃官員的妻子。而當上面有人查訪時，二神道居然軟磨硬抗，拒不放還。或呵斥功曹，休要多管閒事；或拿出簿書，自雲天配良緣。看到這些惡劣的「尊神」的表演，不禁使人想到封建時代死不絕種的花花太歲、惡霸公子。這種人物，登上元雜劇舞臺，便是「魯齋郎」之屬；寫入《水滸傳》之中，誠乃「高衙內」者流。可知在唐人傳奇中，早已有這種橫行不法的「呆霸王」出現，不過蒙上一層神道的外衣而已。

三

寫男女愛情故事之「情緣」類傳奇作品，在《廣異記》中有六篇。其中《汝陰人》寫一遇仙佳偶故事。乃兩晉六朝遇仙故事之翻版，無甚新意。《華嶽神女》篇寫華嶽神第三女與凡人配合事，影響甚大，《異聞集》中的《華嶽靈姻》亦乃此類，而《韋安道》一篇寫后土夫人與凡人之姻緣，情節更為繁複，堪稱此類題材集大成之作。

《王玄之》寫一人鬼之戀的故事，淒惻動人。尤其是女家移墓前夕，女鬼向王玄之辭別一段，更感人至深。且看：「後一夜忽來，色甚不悅，啼泣而已。王問之，曰：『過蒙愛接，乃復離去，奈何？』因嗚咽不能止。」「王既愛念，不復嫌忌，乃便悲惋，問：『明日得至何時？』曰：『日暮耳。』一夜敘別不眠。明日臨別，女以金縷玉杯及玉環一雙留贈，王以繡衣答之，握手揮淚而別。」人鬼之戀，寫得如此纏綿悱惻，在中國小說史上堪稱罕見且早見者。

《李陶》篇亦寫人鬼相戀故事，此中女鬼較之《王玄之》篇中的女鬼更為大膽、主動，尤其是女鬼之婢，更是口角伶俐、性情潑辣。讀《聊齋》者，大都驚歎蒲翁描寫花妖狐魅之生花妙筆，以為得自天授神助，殊不知聊齋先生之藝術淵源正在此類唐人傳奇作品之中。結合此篇與《王玄之》篇中的人物神態、動作心理、尤其是對話描寫，可以看出像戴孚寫人狀物方面的高超水平。尤其是他狀人物聲口如聞，寫人物心理如現，摹人物神情如畫。即如《李陶》篇，寫書生是書生心理：既悅美色，又懼鬼魅，因而從「初不交語」到「悅其美色」，最終「下床致敬」「深悅之」。到底好色之心戰勝了懼鬼之念，十分符合風流士子的心理，同時，也表現了李陶是許多風流士子中的「這一個」。至若鬼中主僕二女子，若去其鬼氣，實乃人間之閨閣千金與俏麗梅香是也。鬼婢「容色甚美」，從搖醒郎君到介紹鬼女，及至郎君怕鬼氣而卻之，鬼婢又「慢罵數四」，最終又以情勸慰郎君，再招女鬼。其中口吻，絕不斯文拘謹，而是充滿市井意味。如罵書生：「田舍郎，待人故如是耶？」如招女鬼：「來！」如勸書生：「忽復如初，可以殷勤也。」令人感覺一俏麗潑辣的丫鬟站在眼前。寫鬼女千金，又是一種筆墨，先以「異香芬馥」環繞之，又寫遭郎君冷淡後「慚怍卻退」，稍後又寫其貌「絕代」，而故事的最後又有鬼女歷盡艱辛、千里迢迢為郎君送藥的情節。通過這些描寫，一個溫情脈脈、不失大家風範而又愛得激烈、深沉的女鬼形象便躍然紙上了。《李陶》篇不過五、六百字，在如此短小的篇幅中能寫出三個成功的人物形象，誠可謂傳奇之精品、《聊齋》之先聲也。

《劉長史女》也是一篇動人的愛情故事。吉州劉長史女死後，為高家公子丰姿所迷，遂演出人鬼之戀，最終劉氏因情而復活，遂成姻婭。這類因愛情感召死而復活的故事在六朝志怪、唐人傳奇中屢屢可見，本不足稱奇。然本篇描寫細膩，有人物描寫，甚至有景物描寫與人物描寫相結合而情境交融之妙筆，這在唐代傳奇的早期作品中卻堪稱上乘。且看男女幽會時高公子得美婢通信息後等待劉氏女到來一段：「高甚踊躍，立候於船外。時天無纖雲，月甚清朗。有頃，遙見一女自後船出，從此婢直來。未至十步，光彩映發，馨香襲人。高不勝其意，便前持之。女縱體入懷，姿態橫發。乃與俱就船中，倍加款密。」如此良宵月夜，美女情郎，彎彎的船，漾漾的水，景物描寫與人物描寫融為一體，堪稱化境。如此筆墨，置於《剪燈》《聊齋》之中，亦毫不遜色。由此，亦可見戴孚之文字工夫非同凡俗。

四

《廣異記》中亦多描寫世態人情的傳奇之作。如《李麐》一篇，寫一狐女鄭四娘與李麐為妻，且生一子，後因病馳去，入穴而亡。故事曲折有致，尤為感人者，乃在狐女死後，李麐將狐生子寄與京師親戚家養之，又娶人間女蕭氏為妻。蕭氏常戲罵李為「野狐婿」，如此引起由狐死而變鬼的鄭四娘的不滿。於是，她乘李生與蕭氏閨房戲樂時，突然顯靈，怒斥二人：「人神道殊，賢夫人何至數相謾罵？且所生之子遠寄人家，其人皆言狐生，不給衣食，豈不念乎？宜早為撫育，九泉無恨也。若夫人云云相侮，又小兒不收，必將為君之患。」捨去狐鬼之氣，此篇乃一典型的市井家庭之作。人情冷暖、世態炎涼，夫妻父子之間尚不可免，何況他人？李生因其前妻為狐，故將其子寄養與人，不給衣食，又娶新婦而譏笑前妻，故有鬼狐一番怒罵，足以譴責天下寡情負心之人。

《楊瑒》《郜澄》二篇，情節不同而立意相似。《楊瑒》篇寫一術者能算洛陽令楊瑒死期，並導之以術而救之，所導之術無非厚略索命鬼使。後楊某連宴鬼使二次，並贈紙楮，遂得免。《郜澄》篇寫一人被枉拘入冥而呼冤，一鬼中丞審之，索錢若干而放還。二篇雖寫鬼域，實射人間，是對官府吏役貪污納賄之風的諷刺與批判。且看楊瑒宴請穿皂裘之鬼使及其同儕一段：「須臾遂至，使人邀屈，皂裘欣然。累有所進，乃拜謁。……再拜求救者千數，兼燒紙錢資其行用。鬼云：『感施大惠，明日當與府中諸吏同來謀之，宜盛饌相待。』言訖不見。明日，設供帳，極諸海陸候之。日晚，使者與其徒數十人同至，宴樂殊常浩暢。相語曰：『楊長官事，焉得不盡心耶？』」真是拿人家的手軟，吃人家的嘴軟，最終，這群鬼吏以對坊楊錫「揩王作金」以代楊瑒，枉傷他人性命以償自己的「人情債」。如此貪吃多占之「鬼使神差」，實乃人間吏役之寫照。相比較而言，郜澄的入冥而出冥，則更是赤裸裸地以一「錢」字開路。當鬼中丞收了郜澄的訴狀之後，書中這樣寫道：「中丞後舉一手，求五百千，澄遙許之」。待郜某被放還後，「通判守門者，就澄求錢」。及至郜某歸途偶遇已成鬼官之妹夫裴某時，還出現了這樣的情況：「裴呼小兒驢，送大郎至舍，自出二十五千錢與之。」由上可見，鬼官、鬼吏、鬼使、鬼役、鬼閽、鬼兒，上上下下、形形色色之「鬼」，無一不要錢，無一不擾民，真真是「有錢能使鬼推磨」了。反之，人一入冥府，告狀要錢，過關要錢，「打的」要錢，無一不花錢，真真是「世道艱難錢作馬」了。如此種種鬼情鬼態，不是實實在在的人間世態的折射，又是什麼？

《廣異記》中的世情況味之「鬼」是如此令人厭惡，而該書中的人情意態之「狐」卻又令人感到十分可愛。《李氏》《韋明府》二篇，分別寫了兩個人性十足的雄狐，給讀者留下頗為深刻的印象。《李氏》篇寫一小雄狐，因其兄曾壞其婚事，遂報復之，屢教一女子「禳理」之法，以避其兄糾纏，後乾脆使該女子脫其兄狐魅之厄。小狐形象，寫來令人感到十分有趣，其言行尚帶有幾分天真稚氣。例如，他埋怨其兄壞其婚姻，其實是一件微不足道的小事：「我欲取韋家女，造一紅羅半臂，家兄無理盜去，令我親事不遂，恒欲報之。」原來狐輩之間，竟因此小隙而成大恨。去其「狐」氣，這難道不是世上兄弟間為一小事而反目成仇的寫照嗎？再看小狐數次救女子躲避其兄之法得逞後的洋洋自得情狀：「小狐復來曰：『事理如何？言有驗否？」「是暮，小狐又至，笑云：『得吾力否？再有一法，當得永免，我亦不復來矣！』」如此口吻，活畫出一人間促狹少年神態。

與《李氏》篇之輕鬆詼諧的氣氛不同，《韋明府》篇寫一雄狐求娶韋參軍女，參軍不許，且多請術士禳之，無效，不得已招狐為婿。而狐婿亦盜用天府錢物以討好女家，送錢二千貫，並納禮會親，車騎儐從，一如人間婚姻。婚後，狐婿之堂妹又魅崔家少子，其岳母請狐婿協力解之，並發誓：「爾若能愈兒疾，女實不敢復論。」狐婿遂教之以法。不料，岳母不僅以此法驅狐妹，又以此法驅狐兄，且彰其劣事，使天曹知之，令狐婿被杖幾死，長流沙磧，「衣服破弊，流血淋漓。」相比較而言，狐有信而人無情，狐忠厚而人狡詐。通篇情節曲折，描寫細膩，去其狐氣，實乃好世情故事。尤其是最後一段寫得悲愴感人：「韋極聲訶之曰：『窮老魅，何不速行，敢此逗留耶？』狐云：『獨不念我錢物恩耶？我坐偷用天府中錢，今無可還，受此荼毒，君何無情至此？』韋深感其言，數致辭謝，徘徊復為旋風而去。」

值得注意的是，在唐人傳奇直至《聊齋》等諸多寫人狐之交的小說作品中，凡寫男人與雌狐相交的故事，作者往往充滿同情、嚮往乃至讚美之意，而一旦寫到女人與雄狐相交的故事，作者立即變得冷淡、冷漠乃至冷酷起來。個中原因何在？筆者認為是兩點的結合。一點是傳統的男尊女卑、一夫多妻制的思想作怪，另一點是人乃百靈之長、狐為異類的思想作怪。一男子可佔有多婦人，除女「人」之外，旁及女「狐」、女「鬼」，亦乃居高臨下之舉，不僅可以理解，甚或會引起一些羨豔。因為這些「狐女」「鬼女」，去其狐鬼之氣，實乃妓女或村野市井女子的化身。總之，是男性企圖征服多名女性的一種情緒的表現。而女子，必須從一而終、保持貞潔，且女卑男尊，須仰仗「一個」男性的社會地位而生存。若女「人」被雄「狐」所魅，則是百靈之長的「人」的恥辱，更為從一而終的「女人」的污點。古人云，「嫁雞隨雞，嫁犬隨犬」，那只是一個比喻，作為一千多年間的男性作者，在他們的小說作品中是絕不允許他們的「姐妹」去「嫁狐隨狐」、並且去從一「狐」而終的。因為與「人」相比，「狐」是低賤的，高貴的男「人」可以玩弄低賤的女「狐」，而低賤的雄「狐」是絕不可永久佔有「從一而終」的女「人」的，尤其是富貴人家的小姐一類。質言之，從唐人傳奇到清代小說，無數的雄性的人類作者之所以不願意歌頌雄狐佔有女人，而願意讚美男人佔有雌狐，實在是雙重等級制——男尊女卑、人尊狐卑——的反映。

五

除上述諸作外，《廣異記》中其他傳奇作品也多有其特色。如《六合縣丞》篇，通過一人入陰司所見，反映判官枉法貪污，實乃人間公案故事的折射。「異遇」類諸作，如《三衛》篇前半寫三衛替北海龍女傳書，似「柳毅傳書」，而北海龍王以絹二匹謝之。該篇中間寫三衛賣絹一段，有市井生活意味。結局寫龍女與其夫華山三郎合好而三郎欲報復三衛，幸龍女救之而得免於災難。通篇情節曲折，然人物形象遠遜《柳毅傳》。戴孚行輩略早於李朝威，故而可以推斷，是《三衛》影響了《柳毅傳》。再如《閬叫莫徭》篇寫一人救一老象，助其拔足上竹丁，老象贈以特大象牙，此人因而發財。此二篇均反映了當地普通百姓樂於助人而又望有所報的思想。《黎陽客》篇寫一陽間縣官不懼鬼，鬼反受其窘的故事，反映了人類希望戰勝鬼魅的心理。尤值得一提的是《張鋋》，該篇寫一凡人遇眾多精怪：巴西侯（猿猴精）、六雄將軍（熊羆精）、白額侯（老虎精）、滄浪君（狼精）、五豹將軍（豹子精）、鉅鹿侯（鹿精）、玄丘校尉（狐精）、洞玄先生（龜精）。這種寫法，對後世影響極大。如《西遊記》第十三回寫唐僧出離大唐邊界，在雙叉嶺遇精怪數種：特處士（野牛精）、熊山君（熊羆精）、寅將軍（老虎精），就是從《張鋋》篇中化出。不過，《廣異記》中所寫略為粗糙，而《西遊記》中所寫更為精緻一些而已。再者，《張鋋》篇中之怪物，均乃人、神、獸三者之疊合，這又對《西遊記》等神魔怪異小說塑造神魔人物具有借鑒意義。至若《廣異記》中的「士流」類傳奇之作，則有《常夷》一篇，敘一人間秀才與一鬼秀才交往，談古論今，吟詩作文，甚為相得，乃人間文人生活之一斑。

《廣異記》中多「因果」之作，其間傳奇作品亦有十篇之作，多為一人被抓入陰司，遇一恩官或親戚，令其誦《金剛經》或《觀音經》而放其還陽之類故事，除了宣揚「佛法」經典威力無邊而外，意義不大。然有些篇章的片斷描寫較佳，如《鉗耳捨光》《張御史》二篇之寫入鬼交往均很生動。一篇寫生人與鬼妻重逢，一篇寫人施鬼以恩而自救，去其「鬼」氣，作品所寫均乃人間常見之生活場景，堪稱「人」氣十足之佳構。

六

《廣異記》產生於中唐早期，此時，唐人傳奇之寫作正是「山雨欲來風滿樓」之勢。過渡性的作品已成為過去，成熟的經典之作即將產生。而諸如牛肅之《紀聞》、戴孚之《廣異記》之類，堪稱為唐人傳奇創作高潮的到來作了準備，是一個「蓄勢」階段。這一階段作品集的主要特點有：

其一，在大量「志怪」之作中包含一定數量的傳奇之作。《紀聞》傳世的一百二十篇中有近二十篇傳奇，《廣異記》三百多條中有四十餘篇傳奇，分別占總數的六分之一或七分之一左右。

其二，傳奇作品題材廣泛。本文以上分析可見《廣異記》之取材涉及到各大類別的十之八九，而《紀聞》則更可謂面面俱到。

其三，作者有濃厚的「搜奇誌異」情結。以上所論數十篇作品，幾乎無一不說狐說鬼、寫幽寫冥。它們與「志怪」小說的區別並不在於題材，而只在於運用了「傳奇」之法，或者說，將怪異故事寫得更貼近現實生活，更具有人間情趣而已。

其四，寫作技法大有提高。在《廣異記》的傳奇之作中，人物性格鮮明者有之，情節曲折多變者有之，場景描寫細膩者有之，語言幽默風趣者亦有之。所有這些，不僅與六朝志怪不可同日而語，就是與《古鏡記》《遊仙窟》之類的早期唐人傳奇之作相比，也有長足的進步。更有甚者，《廣異記》又對後世傳奇小說的創作提供了技法上的借鑑，緊接其後，便是「萬紫千紅總是春」的傳奇小說創作佳境的出現。

（原載《湖北師範學院學報》2003 年第一期）

唐人傳奇和《柳毅傳》

中國古代小說有諸多品種，從最大的層面劃分，則可分為以文言為主體的和以白話為主體兩大類。傳奇小說是屬於文言小說這一系統的。

傳奇小說產生於唐代，這是中國古代文言小說創作的第一個高潮，另一個高潮是清代初年以《聊齋誌異》為代表的文言小說創作。唐人傳奇小說從六朝志怪小說發展演變而來，入唐以後，又分為三個發展階段。

第一，初盛唐階段。這是唐人傳奇小說的起步階段，其主要特點是剛剛完成從六朝志怪向唐人傳奇的過渡。這一階段的代表作有王度的《古鏡記》、張文成的《遊仙窟》、無名氏的《補江總白猿傳》。這些作品從不同的角度體現了從志怪向傳奇的過渡：如《古鏡記》是通過一柄古鏡為線索將若干個神異的小故事連綴在一起，形成一個篇幅較長的作品。它所體現的便是一種「情節結構」方面的過渡，因為六朝志怪小說多半是篇幅短小的，相比較而言，唐人傳奇小說的篇幅則要宏大得多。再如《遊仙窟》一篇，寫得文采斐然，甚至有大量的篇幅用駢文寫成。它所體現的便是一種「文學語言」方面的過渡，因為六朝志怪小說的語言多半是比較枯淡的，而唐人傳奇小說的語言則顯得是那麼生機勃勃、五彩繽紛。至於《補江總白猿傳》所體現的過渡的痕跡更多，完整的故事、曲折的情節、生動的語言，尤其是頗為豐滿而複雜的人物形象塑造，更是為六朝志怪小說所缺乏而為唐人傳奇小說所擅長。篇中的白猿形象，既是妖精，又具有英雄氣質甚至帶有幾分悲劇英雄人物的意味。

第二，中唐階段，這是唐人傳奇小說創作的高潮階段。一些優秀的作品如雨後春筍一般湧現出來。其中，著名的單篇作品有陳玄祐的《離魂記》、沈既濟的《任氏傳》《枕中記》、許堯左的《柳氏傳》、白行簡的《李娃傳》、李朝威的《柳毅傳》、元稹的《鶯鶯傳》、李景亮的《李章武傳》、蔣防的《霍小玉傳》、李公佐的《南柯太守傳》《廬江馮媼傳》《謝小娥傳》、陳鴻的《長恨傳》《東城老父傳》等等。含有傳奇小說的作品集在當時雖然不多，但也有牛肅《紀聞》、戴孚《廣異記》、鄭還古《博異志》、牛僧孺《玄怪錄》、李復言《續玄怪錄》、薛用弱《集異記》、皇甫氏《原化記》等等。這些作品題材廣泛，但主要以婦女生活為重點，尤其是文人與女性的戀愛故事更是得到了生動的表現。其他方面，如文人對功名富貴的追求及其幻滅感的作品，如武俠生活的作品，如神異題材的作品等等，也佔了一定的比例。這些作品在人物塑造、情節結構、文學語言、審美效果等方面所取得的成績也是空前的，同時，它們的藝術成就和寫作模式又可以垂範百代。總之，這一階段的傳奇小說創作，代表了唐代小說的最高水平，也是當時文言小說處於巔峰狀態的標誌。

第三，晚唐階段。這是唐人傳奇小說延續發展的階段，它與第二階段相比，至少有兩大不同。其一，單篇傳奇的創作逐漸退居次要地位，而傳奇小說集的成就則超過了中唐。這一階段含有傳奇的小說集子主要有：段成式的《酉陽雜俎》、陳邵的《通幽記》、盧肇的《逸史》、張讀的《宣室志》、袁郊的《甘澤謠》、裴鉶的《傳奇》、陳翰的《異聞集》、李濬的《松窗雜錄》、康駢的《劇談錄》、皇甫枚的《三水小牘》等等。尤其是裴鉶的《傳奇》，全部都是傳奇小說。而且，傳奇之所以被稱之為「傳奇」，就是從這本書的名稱借用過來的。其二，武俠題材的作品逐漸增多，而且越寫越具有傳奇色彩。同時，愛情題材的故事也寫得不錯。在藝術水平方面，晚唐的傳奇小說基本上保持了中唐作品的風致，還沒有出現大的滑坡。

通過以上簡要的巡閱，我們可以大致明確，李朝威的《柳毅傳》是唐人傳奇小說巔峰時期的作品，而且是重要的代表作品。

《柳毅傳》作者李朝威，生平事蹟不詳。據該篇末尾作者自稱「隴西李朝威」，似應為隴西人。然而，隴西不一定是他的籍里，因為隴西李氏乃唐代「五姓七族」之一，隴西或為李朝威郡望。又，作品中寫到薛嘏於開元末（741）遇到柳毅，殆四紀（一紀十二年），嘏亦不知所在。開元末年再往後「四紀」在貞元五年（789），因此，該篇的寫作不可能早於此時。由此亦可知道，李朝威的生活年代大致在中唐大曆至貞元之際。

《柳毅傳》見於《太平廣記》卷419，題目作《柳毅》。該篇篇末注云：「出《異聞集》。」《異聞集》乃唐末陳翰所編的一本「以傳記所載唐朝奇怪事」（晁公武《郡齋讀書志》）的文言小說集，其中所錄，多為唐人傳奇名篇。《柳毅傳》被錄於其中，一是說明該篇已被認做佳篇名作，二是可見該篇在當時就已廣為傳播。

《柳毅傳》是一篇具有多重主題的小說作品，全篇所寫乃在一個「情」字。全篇可分為四個大的部分，分別體現了多種不同的「情」。第一部分從開篇到「因命酌互舉，以款人事」。主人公為柳毅，中心故事為「柳毅傳書」，主要體現了柳毅的「俠情」。第二部分從「俄而祥風慶雲」到「毅與錢塘，遂為知心友」。主人公是柳毅和錢塘君，中心故事為「錢塘救女」和「柳毅拒婚」，主要體現的是錢塘君的「親情」「友情」。第三部分從「明日，毅辭歸」到「而賓主盛禮，不可具紀」。主人公是柳毅和龍女，中心故事是「夫妻恩愛」，主要體現的是龍女的「愛情」。第四部分從「後居南海，僅四十年」到全篇結束，主要人物是柳毅，中心故事是「柳毅成仙」，體現的是包括作者在內的眾多人對「幻情」的追求。儘管該篇的內容比較複雜，但最主要的還是寫了「俠情」和「愛情」兩大方面。作品的前半部分以俠情為中心，後半部分則以愛情為中心。進而言之，「俠情」與「愛情」又正是唐人傳奇小說盛演不衰的兩大主題，幾乎所有優秀的唐人傳奇小說都是表現這兩大主題，其他的，大多寫的也就是「友情」或「幻情」。因此，《柳毅傳》的成功之處，首先就在於一篇而兼示多重主題，而且都寫得很好。

作品中的人物塑造可謂栩栩如生、躍然紙上。柳毅是一個非常講義氣、非常富有同情心、同時又非常正直倔強的書生，他的行為，包括「傳書」、「拒婚」以及最後與龍女的結合，都充分體現了他性格的這種複雜性。龍女是一個美麗、溫柔、善良而又多情的女性，同時又具有一定程度的勇敢和機智。她的這些性格特點，也在她一系列的行為中得到了充分的體現。此外，作品中的洞庭君、錢塘君兄弟，前者仁慈寬厚，後者暴躁爽直，他們性格的主導面也都在作品中得到了展現。由此可知，《柳毅傳》第二個成功之處，就是塑造了上述幾個性格鮮明的人物形象。這在當時的小說創作中，是十分難得的。因為一篇僅僅數千字的文言小說作品，能夠塑造一個或兩個成功的人物形象就已經很不錯了，而《柳毅傳》則同時塑造了四個。

《柳毅傳》還給我們創造了一個又一個美麗的神話境地。如龍女所牧之羊，原來都是雨工、雷霆之類，「皆矯顧怒步，飲齕甚異」。又如龍女告訴柳毅進入洞庭龍宮之法：「洞庭之陰，有大橘樹焉，鄉人謂之『社橘』。君當解去茲帶，束以他物，然後叩樹三發，當有應者。因而隨之，無有礙矣。」至於龍宮中的環境、酒宴、歌舞的描寫，大段大段的鋪排文字，更是神奇莫測、美妙無比。如：「人間珍寶，畢盡於此：柱以白璧，砌以青玉，床以珊瑚，簾以水精，雕琉璃於翠楣，飾琥珀於虹棟，奇秀深杳，不可殫言。」再如：「會友戚，張廣樂，具以醪醴，羅以甘潔。初，笳角鼙鼓，旌旗劍戟，舞萬夫於其右。中有一夫前曰：『此《錢塘破陣樂》。』旌鋩傑氣，顧驟悍栗，坐客視之，毛髮皆豎。復有金石絲竹，羅綺珠翠，舞千女於其左。中有一女前進曰：『此《貴主還宮樂》。』清音宛轉，如訴如慕，坐客聽之，不覺淚下。」這些描寫，都充分顯示了作者豐富的藝術想像力。同時，這也是該篇的第三個成功之處。

該篇在具體展開故事的時候也做到了繁簡分明、詳略得當。如寫柳毅入龍宮以後一大段，極盡鋪張之能事，而寫錢塘君聞訊而發一段，卻用極其簡潔的筆墨：「俄有赤龍長千餘尺，電目血舌，朱鱗火鬣，項掣金鎖，鎖牽玉柱，千雷萬霆，激繞其身，霰雪雨雹，一時皆下。乃擘青天而飛去。」至於錢塘君大戰涇河小龍一段，甚至用暗寫之法。在通篇做到敘事的詳略得當的同時，作者還做到了張弛有致。如開篇處寫柳毅未見龍女時，突然間「鳥起馬驚，疾逸道左」，是一張；而隨即「見有婦人，牧羊於道畔」，是一弛。又如柳毅入龍宮後所見美景，是一弛；而龍宮聞龍女淒慘遭遇，「宮中皆慟哭」，又是一張；旋即，洞庭君敘其弟之事，又一弛；緊接著，錢塘君出發，「天拆地裂，宮殿擺簸，雲煙沸湧」，又是一張；爾後，錢塘救回侄女，龍宮大擺酒宴，又是一弛；然酒宴後之次日，在新的酒宴上錢塘君借酒說親，柳毅正言回絕，又一張；隨後，錢塘君「逡巡致謝」，又是一弛。如此張弛有致，使讀者的心理在緊張——鬆弛——緊張——鬆弛的變化過程中，得到一種特別的審美享受。所有這些，大概要算該篇的第四個成功之處。

《柳毅傳》的語言是很優美的，同時，也很有表現力。作者往往寥寥數筆，就能替故事中的人物傳神寫照，尤其善於描寫同一人物在不同場景中的不同態度。如狀龍女之淒慘神情，用「蛾臉不舒，巾袖無光」八字；而寫獲救後的龍女，則用「中有一人，自然蛾眉，明璫滿身，綃縠參差」十六字。再如寫柳毅愉快地接受龍宮諸人的饋贈時，用「笑語四顧，愧揖不暇」八字；而寫柳毅堅定沉著地拒絕錢塘君強硬的議親時，則用了「肅然而作，欻然而笑」八字。凡此種種，不一而足，充分體現了作者遣詞造句方面的深厚功力。至於人物語言，更為作者所注目。作品中眾多人物的語言，大都帶有個性化特徵。我們且看得勝回來後的錢塘君和他的哥哥洞庭君的一段對話：「君曰：『所殺幾何？』曰：『六十萬。』『傷稼乎？』曰：『八百里。』『無情郎安在？』曰：『食之矣。』」兄弟二人雖均為龍君，然稟性不同。洞庭君先問「人」，次問「莊稼」，最後才涉及「無情郎」，充分顯示了他仁厚長者的風度和襟懷。而錢塘君則一味誇耀自己的戰功，洋洋得意之情溢於言表，充分暴露了他暴烈、殘忍和愛好虛榮的心性。在簡短的對話中，這一對龍兄龍弟的不同個性就躍然紙上了。

該篇的不足之處，主要在於最後柳毅遇其表弟一段。這種對神仙幻境的追求，是唐人傳奇小說很多篇章的共同追求。然而，將這種描寫放在《柳毅傳》的最後，誠非畫龍點睛，實乃畫蛇添足是也。

《柳毅傳》對後世的影響非常大，這裡僅舉其犖犖大者。金代已有《柳毅傳書》諸宮調（佚），宋代官本雜劇有《柳毅大聖樂》（佚），宋元戲文有《柳毅洞庭龍女》（佚），元代雜劇有尚仲賢《洞庭湖柳毅傳書》（存），明代傳奇戲有許自昌《橘浦記》（存），清代傳奇戲有李漁《蜃中樓》（存）等等。至於將《柳毅傳》改頭換面寫成內容相近的作品或者將「柳毅傳書」當做典故運用的文學作品，更是不勝枚舉。

（原載《中華活頁文選》2004 年第四期）

牛僧孺《玄怪錄》中傳奇作品臆探

牛僧孺（780～848），字思黯，安定鶉觚（今甘肅靈臺縣）人，一說隴西狄道（今甘肅臨洮縣西南）人。貞元二十一年（805）進士，元和三年（808），應「賢良方正能直言極諫」制科，對策第一，然因對策中指陳時政，為宰相李吉甫所不滿，而牛僧孺亦因此知名於朝。穆宗時，官監察御史、考工員外郎，以庫部郎中知制誥，遷御史中丞，至戶部侍郎同中書門下平章事（宰相）。敬宗時，出為武昌軍節度使、同平章事，封奇章郡公。文宗時再度入相，以兵部尚書平章事，進門下侍郎、弘文館大學士。開成間，歷官尚書左僕射，檢校司空、平章事，山南東道節度使。武宗時，由於其政敵李德裕為相，牛僧孺被貶為太子少保，分司東郡，後又貶為循州員外長史。宣宗立，移衡州、汝州長史，召還，為太子少師，卒，贈太尉，諡文簡。兩唐書均有傳。

牛僧孺是中晚唐「牛李黨爭」中牛黨的領袖人物，為官頗有政聲。在文學創作方面，牛僧孺也早有才名。其所著志怪傳奇小說集《玄怪錄》，《新唐書・藝文志》、宋代王堯臣等《崇文總目》、《宋史・藝文志》均著錄為十卷。宋代為避始祖玄朗諱，有的書目著作如尤袤《遂初堂書目》、曾慥《類說》等將《玄怪錄》著錄為《幽怪錄》。宋代陳振孫《直齋書錄解題》、明代高儒《百川書志》又著錄該書為十一卷，高儒著錄該書：「唐隴西牛僧孺撰。載隋唐神奇鬼異之事，各據聞見出處，起信於人。凡四十四事。」（甯稼雨認為「四十四」為「百十四」之誤，甚為有理。）今十卷本、十一卷本俱佚，《太平廣記》中輯錄三十三條，明人陳應翔刻有四卷本四十四條，另有輯本數種行世。

一

在現存的《玄怪錄》條目中，有近二十篇是傳奇小說作品，它們是：「異遇」類的《張佐》、《岑順》、《曹惠》、《劉諷》、《古元之》、《蕭志忠》、《來君綽》、《吳全素》、《張寵奴》、《滕庭俊》，「情緣」類的《崔書生》、《竇玉》，「法術」類的《居延部落主》，「豪俠」類的《郭元振》，「因果」類的《掠剩使》，「公案」類的《董慎》，「世態」類的《崔紹》，還有《齊推女》、《王老》二篇，均可算「士流」與「法術」的兼類之作。

通過以上簡單的排列，我們已經可以看到兩點事實。其一，《玄怪錄》中傳奇之作的取材非常廣泛。筆者曾將中國古代傳奇小說分作十大類進行探討，而《玄怪錄》中的十幾篇作品居然佔了其中除「傳記」和「技藝」以外的八大類。其二，《玄怪錄》中的傳奇之作若按題材劃分，最走俏的是「異遇」類作品，在上述十九篇小說中，這類作品竟有十篇，超過半數。

怎樣解釋這兩種現象呢？第一種現象好解釋，因為作者牛僧孺為宦多方，見多識廣，《玄怪錄》全書亦篇幅不小，條目較多，且成書於唐代傳奇小說的高潮期中唐，故而多種題材的故事兼備，實不足為奇。要解釋第二種現象——該書何以有半數以上的「異遇」類故事，就稍稍麻煩一些了。筆者認為，其中至少有三方面的原因。

第一，牛僧孺生活於中唐，唐代宗廣德元年（763），史朝義逃亡自殺，延續八年之久的「安史之亂」宣告結束。十八年後（780），牛僧孺出生。然而，牛僧孺所生活的絕不是一個太平時代。安史之亂給大唐帝國所留下的災難絕不是八年的戰火，而是一直到唐代滅亡的持久混亂。即以牛僧孺生活的六十多年時間而論，實際上仍然是軍閥混戰、烽火連天。開元盛世一去不復返，包括作者在內的大唐子民們長時間地生活在痛苦和壓抑之中。人們在需要生活安定的同時，更需要心靈的安靜。而追求這種安定和安靜，有各種各樣的方法，其中，一個能夠為很多人所共同接受的方式就是在奇特動人的藝術世界中去陶醉自我、麻痹自我。創造這種世界的人就是那些文學家，尤其是小說家。牛僧孺就是這麼一位小說家，《玄怪錄》中的那些「異遇」類傳奇作品就是他為自己和讀者們所創造的一個又一個奇特動人的世界。這裡有記載幾朝異事於革囊的神秘老叟（《張佐》），這裡有明器殉葬所引起的棋局大戰（《岑順》）。兩木偶可以作怪（《曹惠》），眾妖精更能戲耍（《劉諷》）。陶淵明的「桃花源」在這裡已演變成「和神國」（《古元之》），呆霸王的「哼哼韻」在這裡早共鳴出「蒼蠅詩」(《滕庭俊》)。還有那行賄的野獸(《蕭志忠》),可人的蚯蚓(《來君綽》),鬼看人間(《吳全素》),人遇鬼神(《張寵奴》),總之是各種各樣稀奇古怪的事情都在《玄怪錄》中大集合,都被牛僧孺向讀者大派送。

第二,牛僧孺是唐代「牛李黨爭」中牛黨的領袖。激烈的黨爭可以使人感到興奮,也可以使人感到疲憊。興奮是暫時的,而疲憊則是持久的。因為黨爭,牛僧孺的仕途充滿了坎坷和荊棘。他幾次拜相,又幾次被放外任,上上下下,進進出出。這固然對他的生活視野有所擴張,使他能遊歷更多的地方,搜集到更多的各地傳聞,但同時,也容易造成一種內心深處的無名的憤懣和痛苦。中國古代的士大夫門一貫標榜達則兼善天下,窮則獨善其身,鼓吹居廟堂之高而憂其民,處江湖之遠而憂其君。但那只是一種境界,一種為大家所追求的境界而已,真正能達到這種境界的能有幾人?真正能夠在逆境中無怨無悔、泰然處之的能有幾個?大多數人還是有怨有悔,心頭充滿憤懣之情的。正因如此,才有「發憤著書」那麼一說,才有「憤怒出詩人」這放之四海而皆準的真理。牛僧孺或許還算不上是發憤著書,也算不上是憤怒的詩人。但在他身心疲憊之時、怒火中燒之際,寫一點奇奇怪怪的異遇故事來調節自己的神經,來轉移自己的視線,來調劑自己的生活,一句話,在娛人的同時也「自娛」一番總是可以的吧。然而,就在自娛的過程中,作者也往往不自覺地將自己對官場經歷、政治生活的體驗滲透到作品之中。《張佐》篇中那位神秘的老者所記載的梁、陳、隋、唐歷代的故事難道不多少帶一些總結歷史殷鑒的意味?《岑順》篇中所描寫的棋局大戰又是多麼像人間的沙場征戰和官場角逐啊!《曹惠》一篇,更是借兩隻木偶而發作者思古之幽情。《古元之》中的「和神國」,又何嘗不是作者政治理想之寄託?如此種種,不一而足。總之是沒有「這一個」牛僧孺,就不可能寫出「那一些」異遇類的作品。

第三,眾所周知,中國古代文言小說的發展過程是先有志怪小說而後才有傳奇小說的。換句話說,志怪小說是傳奇小說的母體。同樣眾所周知,子女無論如何總是與母親有一些相像之處的。即便在傳奇小說臻於極盛的中唐,也有某些類別的作品會與志怪小說相似或相像。在傳奇小說諸類作品中,與志怪小說最為接近的毫無疑問就是異遇類小說,因為異遇類作品說到底就是志怪小說的「傳奇化」。值得注意的是,《玄怪錄》並非如晚唐的《傳奇》、《三水小牘》、《甘澤謠》那樣的比較純粹的傳奇小說集，而是一部夾雜著傳奇與志怪兩大類作品的小說集。從這個意義上講，《玄怪錄》是一部從志怪小說向傳奇小說過渡的集子。並且，所謂「志怪」與「傳奇」的區分，乃是後人的觀念。牛僧孺在創造《玄怪錄》時，可沒有象我們今天這樣嚴格的概念上的區別，他只知道自己在寫一些經邦濟國的大文章之外的陶寫閒情逸致的小文章而已。這樣一來，在從志怪演變過來的中唐文人的小說集中，出現占量很大的異遇類作品，難道不是自然而然的事情嗎？

綜上所述，「異遇」類作品在《玄怪錄》之傳奇小說中大量出現，自有其多方面的理由，同時，也代表了該書的一種基本精神。

二

除了異遇類作品之外，《玄怪錄》傳奇之作的其他類別中也屢有佳篇。

「情緣」類的兩篇作品各有特色。《竇玉》篇敘冥中與陽世的一場婚配，陽世人每與陰間妻晝別宵會。故事充滿了宿命的神秘色彩，同時也體現了凡人對神仙眷屬的一種羨豔心理。相比之下，《崔書生》篇則在仙凡姻婭這一故事母題的基礎之上又有了新的開掘。崔書生好植名花，忽遇美女。後經種種曲折，二人終成眷屬。不料，此女卻深為崔書生的母親所厭惡。這位母親對兒子述說的理由是：「有汝一子，冀得求全。今汝所納新婦，妖媚無雙。吾於土塑圖畫之中，未曾見此。必是狐魅之輩，傷害於汝，故致吾憂。」而當新婦知道崔書生母親的意思之後，在非常悲哀的同時，又表現得非常決裂：「本侍箕帚，望以終天。不知尊夫人待以狐魅輩。明晨即別。」隨即，這一對恩愛人兒硬是被崔書生的母親的一番話而生生拆散。最後，作者通過胡僧之口告訴崔書生：「君所納妻，西王母第三女玉卮娘子也。姊亦負美名於仙都，況復人間？所惜君納之不得久遠，若住得一年，君舉家不死矣。」這裡，我們拋開作品中求長生的思想，剝去故事被蒙上的神仙外衣，它實際上是一篇反映人間婚姻問題的佳作。婆婆不愛媳婦的原因竟然是如此的無理和脆弱，僅僅因為媳婦長得漂亮而已。這樣的婆婆似乎比《孔雀東南飛》中的焦母更加混帳。但平心靜氣地思考一下，婆婆還是有她的道理的，那就是「有汝一子，冀得求全。」她一輩子所有的希望都寄託在兒子身上了，而現在那「萬惡」的媳婦居然要從自己的手中搶走她的命根子，她當然不會同意。這種婆婆與媳婦的對立情結，許多專家在分析《孔雀東南飛》等作品時已作過深入的探討，此不贅言。但《孔雀東南飛》是敘事詩，而《崔書生》則是一篇傳奇小說。在傳奇小說中反映這一問題、這種情結，就孤陋寡聞的筆者而言，似乎還是第一次見到。正因如此，這篇作品就具有了不平凡的意義。更何況，作者在作品中的態度，是明顯地站在了那一對青年男女一邊。對他們的婚姻悲劇，作者有同情，也有惋惜。牛僧孺，作為一個曾經幾度拜相的文人，具有這種胸懷、這種容量，的確是難能可貴的。同時，這也體現了唐人的一種氣度。

還有兩篇寫陰朝地府的作品也很不錯。《董慎》篇寫人間的廉吏幹才到陰間審案，仍然像陽間一樣剛正不阿。捨去其神異氣息，實際上是一篇歌頌清官的「公案」類作品。更有意味的是《崔紹》篇，堪稱「遊地府」的代表作。故事中既有殺死三隻貓兒而被拘入冥府的惡報，又有因供奉「一字天王」而被救還生的善果。更有甚者，鬧了半天，冥王原來與主人公是親戚關係，故而主人公得觀生人祿籍。最終又有四個魚兒之鬼魂相求，主人公還陽後又將魚兒放生。整個作品，雖然寫的是陰曹地府，但若去掉其中的「鬼氣」，實在是人間世界的真實寫照，故而筆者將其歸入「世態」一類。這篇作品寫得比較長，有三千五百字左右，在唐人傳奇寫地府的作品中，也算較長的一篇。更重要的是，這篇作品所寫的地府很有代表性，尤其是對於陰間城市街道以及人物間等級層次的描寫，一如陽間世界。且看主人公崔紹得遇一字天王以後的一段：「天王曰：『爾但共我行，必無憂患。』王遂行，紹次之，二使者押紹之後。通衢廣陌，杳不可知際。行五十許里，天王問紹：『爾莫困否？』紹對曰：『亦不甚困，猶可支持三二十里。』天王曰：『欲到矣。』逡巡遙見一城，門牆高數十仞，門樓甚大，有二神守之。其神見天王，側立敬懼。更行五里，又見一城門，四神守之。其神見天王之禮，亦如第一門。又行三里許，復有一城門，其門關閉。天王對紹曰：『爾且立於此，待我先入。』天王遂乘空而過。食傾，聞搖鎖之聲，城門洞開。見十神人，天王亦在其間，神人色甚憂懼。更行一里，又見一城門有八街，街極廣闊。街兩邊有雜樹，不識其名目。有神人甚多，不知數，皆羅列於樹下。八街之中，有一街最大。街西而行，又有一城門。門兩邊，各有數十間樓，並垂簾。街衢人物頗眾，車輦合雜，朱紫繽紛，亦有乘馬者，亦有乘驢者，一似人間模樣。此門無神看守。更一門，盡是高樓，不記間數。珠簾翠幕，眩惑人目。樓上悉是婦人，更無丈夫。衣服鮮明，裝飾新異。窮極奢麗，非人寰所睹。其門有朱旗、銀泥畫旗，旗數甚多，亦有著紫人數百。天王立紹於門外，便自入去，使者遂領紹到一廳。……」讀過這樣的「入冥」小說，讀者等於免費到人造「地府」中去旅遊了一次。然後，從地府中爬出來說：原來地府是按照陽間的模式構造的。然而，無論如何我們應該承認，其描寫之細膩真實，在此前的小說中是無與倫比的。

《王老》一篇也饒有趣味。表面看來，該篇寫若干玩弄法術的仙人因違犯天條而受懲罰，並讓張果的仙伯王老說破此事，純粹是天機仙事。其實不然，該篇的前半寫「連帥」章仇兼瓊依仗權勢欲將業已亡故之下屬的孀婦占為己有，卻是對現實生活中權豪勢要強娶人家妻女的真實寫照。故而，筆者將這篇作品視作「士流」與「法術」的兼類之作。有趣的是，《玄怪錄》中另一篇作品《齊推女》卻與《王老》有異曲同工之妙。該篇寫一孕婦臨產時，夢見一個「衣冠甚偉」的神人瞪大眼睛手按寶劍叱責她：「此屋豈是汝腥穢之所乎？亟移去。不然，且及禍。」產婦親屬沒有理會神人的威脅，結果，神人非常殘忍地讓產婦「耳目鼻皆流血而卒」。後經九華洞仙官下凡的田先生查明，如此殘暴的凶神原來是「鄱縣王」吳芮，從而懲罰了凶神，救活了被殺害的產婦。這個故事也是在鼓吹田先生的「法術」的同時，深刻地揭露了封建時代權豪勢要欺凌婦女的黑暗事實。兩篇作品雖然在內容上有些區別，一個是強佔婦女為妻，一個是剝奪婦女生命，但本質上卻是一樣的，都反映了高高在上者對卑下可憐者的欺侮和凌辱。值得注意的是，兩篇作品中施暴與受害的雙方的地位都是非常懸殊的。《王老》篇中施暴者是章仇兼瓊，所謂「連帥」，當時他身兼「劍南節度使」和「西川採訪制置使」，而對方卻是一寡婦。《齊推女》篇中的施暴者是西漢時初為鄱陽令後封「長沙王」的吳芮，對方乃是一產婦。作者故意寫出這種雙方力量對比的懸殊，如此方能更好地表現那種極不合理的社會現實，從而也更能達到震撼人心的藝術效果。

如上所述，《玄怪錄》中「異遇」類以外的傳奇之作，也有不少頗具特色的篇章，但其中寫得最具特色的還是「豪俠」類作品《郭元振》。歷史上的郭元振，名震，字元振，魏州貴鄉（今河北省大名縣東北）人。有戰功，唐睿宗時歷任吏部、兵部尚書，封代國公。然而，小說所寫卻是這位代國公微時之事。作品中的郭元振只是一介書生，並且是一個「下第」的書生，於路途之中碰上妖精強娶民女之事。他見義勇為，殺了妖精，救了素昧平生的弱女子。見義勇為，是這一人物的第一層可貴之處。進而言之，郭元振並非俠客，毫無武功，但卻能憑著大智大勇與兇殘的妖精戰鬥，並取得勝利。智勇兼備，是這一人物的第二層可貴之處。更有甚者，當鄉老第二天不僅不感謝郭元振，反而指責他得罪了妖精烏將軍，要將他殺死以祭烏將軍或捆綁送官時，郭元振又以大義折服鄉老，並帶領大家共除隱患。大義凜然、胸有丘壑，又是這一人物的第三層可貴之處。有此三層可貴之處，郭元振這一人物就在作品中矗立起來了。綜觀他的行為，堪稱充滿陽剛之氣的凜然大丈夫氣概。故而，郭元振是並非俠客的「豪俠」之士。他所具備的，也並非僅僅是一般俠客所具有的武功武技，而是古代豪俠之士的內在精神——見義勇為、智勇兼備、大義凜然、胸有丘壑。實踐證明，這樣的人物才能持久不衰地得到讀者的喜愛。

三

牛僧孺是唐代著名政治家，也是著名文學家，從他的小說集《玄怪錄》中，我們也可看出他的高超的文學創造水平和文章寫作技巧。

還是緊接著上節，從《郭元振》說起。該篇雖然很短，然其故事情節卻進展神速而又一波三疊。全篇只寫一夜一日之間的事，卻有緩有急，頗具尺水興波之妙。如郭元振問女，頗急；而烏將軍飲酒，少緩。郭生斷豬蹄，又急；烏豬精遁去，又緩。翌日鄉老指責，再急；郭生申明大義，再緩。直至眾人圍殲豬精，突然又急；最終以女子嫁郭生，緩緩而收。整個故事敘述過程中，緩急相間、剛柔相濟，可見作者深諳文章張弛之法。

至於對各種景物的描寫，更是牛僧孺的拿手好戲。如《崔書生》中崔生給妻子送行一段，就將「景語」作「情語」，寫得纏綿悱惻、哀怨動人：「崔生亦揮涕不能言。明日，女車騎復至。女乘一馬，崔生亦乘一馬從送之。入邏谷中十里，山間有一川。川中異花珍果，不可言紀。」這就是詩歌理論家們常說的以樂景寫哀，其「哀」更增一倍的方法。多情的男兒送心中所愛之人於十里之外，那兒恰恰是先前他們戀愛時多次經行處。如今，那裡山花爛漫，野果飄香，山川秀美，風景依然，而相愛的人兒卻被生生拆散。此情此景，能不令人愁腸百結而潸然淚下嗎？再如《古元之》篇中對「和神國」景物的描寫：「軟草香媚，好禽嘲哳。山頂皆平正如砥，清泉迸下者，三二百道。原野無凡樹，悉生百果及相思、石榴之輩。每果樹花卉俱發，實色鮮紅，翠葉於香叢之下，紛錯滿樹，四時不改。唯一歲一度暗換花實，更生新嫩，人不知覺。」像這樣美好的地方，誰都想在那兒安家落戶。尤其是對「安史之亂」心有餘悸和正在經受著軍閥混戰的荼毒的人們，如果能有這樣一塊淨土，那簡直就是人間天堂了。像這樣一些地方，作者總能讓讀者得到一份帶有不同感情色彩的審美享受。而之所以能造成這一切，又都得力於作者那枝生花妙筆的生動描繪。

除了景物描寫之外，牛僧孺還善於將人物置於特定的環境之中進行生動的狀寫。如《劉諷》篇中寫眾女妖庭中戲耍一段，儼然就是人間群女相戲圖。因文字太長，恕不引錄。再如《竇玉》篇中寫進士王勝、蓋夷撞破竇玉與仙女相會一段：「夜深將寐，忽聞異香。驚起尋之，則見堂中垂簾帷，喧然語笑。於是夷、勝突入。其堂中屏帷四合，奇香撲人，雕盤珍膳，不可名狀。有一女年可十八九，妖麗無比，與竇對食。侍婢十餘人，亦皆端妙。銀爐煮茗方熟。坐者起入西廂帷中，侍婢悉入，曰：『是何兒郎，突沖人家。』竇面色如土，端坐不語。夷、勝無以致辭，啜茗而出。既下階，聞閉戶之聲，曰：『風狂兒郎，因何共止？古人所以卜鄰者，豈虛言哉？』」兩個書呆子去撞破了鄰人與仙女的幽會，結果，深受別人的厭惡。在這麼一個特殊的環境中，書呆子的尷尬狼狽，男主人的無可奈何，仙女的嬌羞持重，尤其是侍婢們那毫不讓人的伶牙俐齒，都飛揚紙上，而且極其靈動活潑、親切自然，讓人有身臨其境之感。

牛僧孺的藝術想像力是異常豐富的。在他的筆下，殉葬中的明器可以進行棋局大戰（《岑順》），野獸出於恐懼心理居然向獵人行賄（《蕭志忠》），蚯蚓可以成精並設宴待客（《來君綽》），蒼蠅也會作怪且大發詩興（《滕庭俊》）。更有代表性的是《吳全素》一篇，從鬼的視角寫人間與幽冥的區別，可謂別有情味。尤其是其中「討錢」、「索命」、「送子」等片斷，都寫得異樣精彩。且看篇中寫二鬼吏送被誤勾入冥的吳全素還陽時向他索賄一段，當吳全素將他們帶到陽間的姨夫家中討錢時，書中寫道：「既同詣其家，二吏不肯上階，全素入告。其家方食煎餅，全素至燈前拱曰：『阿姨萬福！』又曰：『姨夫安和！』又不應。乃以手籠燈，滿堂皆暗。姨夫曰：『何不抛少物？夜食香物，鬼神便合惱人。』全素既憾其不應，又目為鬼神，意頗忿之。青衣有執食者，其面正當，因以手掌之，應手而倒，家人競來拔發噴水，呼喚良方悟。」這一段全然是從鬼的視角寫來，將人世間疑神疑鬼的感覺變成「事實」，讓人感到真真假假、虛虛實實，奇妙無窮。「幻」與「真」在這裡得到了和諧的統一，陰間與陽間在這裡被交叉換位。讀了這樣的篇章，我們不得不感歎牛僧孺的藝術魔杖真能使事物千變萬化。

在用千變萬化之筆寫形形色色之事的同時，牛僧孺的筆觸還伸向了異族風情。尤其是對異族幻術的描寫，更令人耳目一新，《居延部落主》就是這方面的代表作。該篇寫周靜帝初年，居延部落主勃都骨低為人驕奢殘暴，性好玩樂。一次，一夥酷似伶官的人到他府上表演幻術，謂之「大小相成，終始相生」。作者是這樣寫幻術表演的：「於是長人吞短人，肥人吞瘦人，相吞殘兩人。長者又曰：『請作終始相生耳！』於是吐下一人，吐者又吐一人。遞相吐出，人數復是。」後來，當勃都骨低厭惡了這些藝人而不給他們飯吃時，他們又對這位居延部落主進行了戲謔性的報復：「諸伶皆怒曰：『主人當以某等為幻術？請借郎君娘子試之。』於是持骨低兒女、弟妹、甥侄、妻妾等吞之於腹中，腹中皆啼呼請命。骨低惶怖，降階頓首，哀乞親屬。伶者皆笑曰：『此無傷，不足憂。』即吐出之。」這篇作品，不僅非常生動地描繪了當時的幻術表演，而且十分真實地再現了當時伶人的社會生活。該作品不僅具有文學方面的審美價值，而且還具有史學方面的資料價值。同時，作品中還暗寓了揚善懲惡的思想，還在客觀上描寫了異族的生活狀況，甚至還涉及到南北朝時幻術在西域的演出情況。所有這些，都是值得我們注目的。

四

通過以上簡單的巡閱，我們已經可以看到，牛僧孺《玄怪錄》中的傳奇之作所給予我們的，乃是一個具有多方位、多層面、多功能效用的精神產品。這樣的精神產品，在唐人傳奇小說集中雖然不能說是絕無僅有，但至少也是出類拔萃的。尤其是在中唐那些夾雜著志怪小說與傳奇小說的作品集中間，《玄怪錄》無疑是佼佼者。特別是牛僧孺描寫景物、描寫人物、描寫各種有趣的場景的藝術水平和表達能力，確實能使不少作家瞠乎其後。之所以如此，與作者的學養有關，也與作者的閱歷有關，還與他所處的時代有關，當然，也與唐代傳奇小說發展的步調有關。

《玄怪錄》中的傳奇之作除了在唐代傳奇小說發展進程中佔有不可替代的一席之地外，還對後世的文學創作產生了較大的影響。如《王老》中對權豪勢要強搶他人妻女行為的描寫，就對元雜劇中許多作品產生了重大的影響。如《崔書生》中對婆婆強迫兒子趕走媳婦的描寫，就對明清某些小說的創作有啟示作用。再如《居延部落主》中伶人吞人、吐人的描寫，雖然源自《舊雜譬喻經》和《靈鬼志》《續齊諧記》等作品，但又對後世描寫幻術的小說產生了一定程度的影響。至於《劉諷》《竇玉》《來君綽》《滕庭俊》諸篇所描寫的形形色色的仙魅妖精，在此後的《西遊記》《聊齋誌異》等作品中又可常常見到。更有甚者，《郭元振》篇中的妖孽烏將軍，與《西遊記》中的豬八戒既同宗，又同好，都是一頭貪吃、好色的烏豬精。由此亦可見《西遊記》深受此篇影響。不過，這個故事卻在《西遊記》中一分為二，作了兩番描寫。一在高老莊，取烏豬精之充「色情狂」；一寫通天河，憫小兒女之作「犧牲品」。這樣，就具有了青藍之勝的意味。

（原載《黃岡師範學院學報》2003 年第五期）

論段成式《酉陽雜俎》中的傳奇作品

《酉陽雜俎》作者段成式（803？～863），字柯古，山東臨淄人。其父段文昌為元和末年宰相。段成式少年時代就十分好學，長成後，能詩善文，對佛教尤有研究。曾擔任過秘書省校書郎，後又任廬陵、縉雲、江州等地刺史，官至太常少卿。他是晚唐著名文人，當時與李商隱、溫庭筠齊名。除《酉陽雜俎》外，他還創作過大量的詩詞散文，可惜大多散佚，幸存的30多首詩詞，見《全唐詩》；文11篇，見《全唐文》。另有《廬陵官下記》二卷，已佚，殘文若干則，收入《類說》、《說郛》二書中。

《酉陽雜俎》版本眾多，其中較為常見的有脈望館本、《稗海》叢書本、《津逮秘書》本、《學津討源》叢書本等，而中華書局1981年12月出版的方南生點校本，則是該書最為完善的一種版本。其前集20卷凡910則，續集10卷凡378則，總共30卷計1288則，計10多萬字。書名「雜俎」，可知其內容駁雜。其中有傳說、神話、故事、雜記、志怪、傳奇，珍異雜陳、五彩繽紛。所述內容，既有自然科學，也有人文科學。舉凡天文、地理、生物、化學、礦藏、交通、習俗、外事等方面，無所不包，甚至秘聞趣事、牛鬼蛇神，也多有記敘。然而，若從文學的角度看，則《酉陽雜俎》中最絢爛的篇章無疑還是那些傳奇作品。《酉陽雜俎》中的傳奇作品所包含的內容頗為廣泛。從題材的角度可以大體作如下的區分。「法術」類的作品有《張和》、《僧智圓》、《劉積中》、《盧山人》、《邱濡》五篇，「異遇」類的作品有《長鬚國》、《崔汾》、《崔羅什》、《裴沆》四篇，「豪俠」類的作品有《京西店老人》、《蘭陵老人》、《僧俠》、《盧生》、《周皓》五篇，「世態」類的作品有《旁乞》、《葉限》、《李和子》三篇，「因果」類的作品則有《陳昭》一篇，一共18篇傳奇小說作品。

另有「異遇」類作品《崔玄微》一篇，又見於谷神子《博異志》。據考，《博異志》的作者鄭還古，乃元和間（806～820）進士，行年較之段成式要略早一些，故而將《崔玄微》一篇暫時算在鄭還古名下，在此不作討論。

下面，我們就對《酉陽雜俎》中這18篇傳奇作品進行一些分析研究。研究過程中，各篇所依據的文本，除了中華書局版《酉陽雜俎》外，還參考了《太平廣記》和《劍俠傳》二書。

一

「法術」類的五篇作品，與其他唐人傳奇的同類題材作品相比，獨具特色。最明顯的一個表現就是，他人反映「法術」的作品，是將其重點放在「做法」或「鬥法」的描寫上，而《酉陽雜俎》中的這類作品，則十分注重故事的曲折多趣，有的作品還特別注重對人物性格作鮮明而生動的揭示。

如《張和》篇寫一幻術故事，為讀者構造了一個正常塵寰之外的奇異世界，而這個幻造的世界與真實的人間世界其實只有一牆之隔。作品中的主人公，一位極端好色的「豪家子」，在闖入幻造世界時，由佛像乳房變成的小小洞穴中被人拽進，回來時則被人從一堵牆上挖的窟窿中推出。而這位「豪家子」在那個幻造的世界中居然與一位半仙半人的「主人」飲酒作樂，並在一妓女的幫助下算計了「主人」，強佔了「主人」的樂園，與眾多美人生活了兩年之久。這個故事是否具有什麼深刻含義，我們且不去管它，僅就故事本身而言，毫無疑問是曲折多趣，甚至是有幾分迷人的。

《僧智圓》篇寫一女妖因高僧智圓屢屢破除了她們的「求食」的法術，砸了妖精們的飯碗，因此，用欺騙的手段兼之以變幻之法，使高僧蒙不白之冤。女妖先是變作美貌婦人，言老母病重，請和尚發慈悲治病救人，誆得老僧白白跑了20餘里的冤枉路，從而，激怒了老和尚。隨後，又再次請老和尚為其母看病，再次用語言激怒老和尚。老僧一方面是忍無可忍，另一方面也懷疑她並非人類，恍惚間用刀子刺將過去，婦人倒地，卻變成老僧身邊的沙彌，於是，成為一樁人命案。直到老和尚被冤枉得一塌糊塗的時候，女妖才重新出現，說出原委：「我類不少，所求食處，輒為和尚破除，沙彌且在，能為誓不持念，必相還也。」直逼得老和尚「懇言設誓」，女妖才交出沙彌，而裝在棺木中的沙彌屍體，不過是一把掃帚而已。這個故事公開鼓吹正不壓邪，得道高僧居然向女妖屈服，並且「自是絕不道一梵字」，其內涵是十分複雜而深刻的。本篇在寫法上也頗為獨特，法術、公案、世態綜而有之，且情節曲折多變，出入意料之外，又恰在情理之中。

《劉積中》和《邱濡》寫的都是飛天夜叉的故事，而且都是飛天夜叉與人類瓜葛事。雖然兩個故事的命意不同，兩個夜叉形象所蘊涵的意味也不相同，有一點卻相一致，那就是兩篇作品中的夜叉形象都極為生動，且極富人情味。《劉積中》中的夜叉化作老婦人，幫助劉積中的妻子治病，劉妻病癒後，夜叉竟與劉家來往，「時時輒出，家人亦不之懼。」後又請劉積中為她的女兒擇婿，並請劉積中夫妻做「鋪公鋪婆」，參加其女的婚禮。最後，竟然要將女兒託付給劉積中管教。而當劉積中不耐其煩，大喝「老魅敢如此擾人」，并用枕頭打她時，夜叉「隨枕而滅」，從此反目成仇。不久，劉妻復病而亡，劉積中的妹妹亦得重病。在整個故事推移的過程中，夜叉的喜怒哀樂均與人間的老婦人沒有什麼兩樣，作者完全是按照寫人的方法來寫夜叉的。與之相比，《邱濡》中的飛天夜叉則更具「人」味，它變作美丈夫，將一女子攝至古塔頂上，共同生活了好幾年。在人妖共同生活的幾年時間裏，夜叉對女子極盡溫柔之致。「日兩返，下取食・有時炙餌猶熱。」最終，又十分淒然地將女子送了回去。而且，他們的分手竟是那麼的悽楚：「又經年，忽悲泣語女：『緣已盡，候風雨送爾歸：』因授一青石，大如雞卵，言至家可磨此服之，能下毒氣。後一夕風雷，其物遽持女曰：『可去矣。』」據筆者所知，如此多情而文明的雄性妖魔，在中國文學史上似乎並不多見，而它卻存在於唐人段成式的《酉陽雜俎》之中，這不能不說是一件了不起的事。

二

豪俠類作品，如《京西店老人》、《蘭陵老人》、《僧俠》、《盧生》以及《周皓》諸篇，都寫得豪氣逼人、精光四射。

《京西店老人》是一篇非常短小的劍俠小說，全文不過 300 字，卻寫得波瀾起伏、曲折多致。尤其是對於韋行規心理活動的描寫，更可謂一波三疊。先是驕傲自負：「某留心弧矢，無所患也。」接下去，於黑暗之中見有人尾隨，便十分驚慌：「矢盡，韋懼，奔馬。」最終，在雷電交加之際，積札埋膝之時，韋生的恐懼達到了極點：「韋驚懼，投弓矢，仰空乞命，拜數十。」這樣的描寫，十分符合一個稍有一技之長而無絕大本領的夜行人的心態。擅長場面描寫，是該篇的又一特色。如寫夜行人被人跟蹤的恐懼場面：「行數十里，天黑，有人起草中尾之，韋叱不應，連發矢中之，復不退。」再如雷電交加、木札紛飛的緊張場面：「有頃，風雷總至，韋下馬負一樹。見空中有電光相逐如鞠杖，勢漸逼樹杪，覺物紛紛墜其前，韋視之，乃木札也。」均寫得情境交融，令人有身臨其境之感。

《蘭陵老人》也是一篇短小精悍的劍俠傳奇小說。該篇高妙之處，第一是人物神情描寫，第二是人物對話描寫。寫人物之神情，簡練而傳神。如寫老人之狂傲，用「植杖不避」四字。而寫老人之憤恚，則用「掉臂而去」四字。寫黎乾之謹慎小心，用「唯而趨入」四字。寫黎乾之驚慌失措，則用「叩頭股慄」四字。最後，又用「擲劍植地」四字寫老人動作之乾淨利落，用「氣色如病」四字寫黎乾事後的倍覺恐懼。如此寫人物之神情，以少少許勝多多許，給讀者留下了極為深刻的印象，真可謂得乎其中三昧之筆。該篇寫人物之語言，則有令讀者聞其聲如見其人之妙。如寫老人被京兆尹責打後回到家中，大聲嚷道：「我今日困辱甚，可具湯也。」再如黎乾賠罪的語言：「向迷丈人物色，罪當十死。」老人吃驚地發問：「誰引君來此？」還有老人寬容的笑語：「老夫之過」，均各盡其妙。最終，黎乾心悅誠服地懇求：「今日以後，性命丈人所賜，乞役左右。」老人溫和委婉地推辭：「君骨相無道氣，非可遽教，別日更相顧也。」所有這些，都做到了既符合人物性格，又切合當時的環境氣氛，是令人讀後經久難忘的傳神之筆。

《僧俠》是《酉陽雜俎》中最為著名的一篇作品，也是一篇別具一格的劍俠小說。僧俠欺騙韋生，本無好意，是想打劫。後來見韋生身懷絕技，便改變主意，想借用韋生做一奇怪的試驗——決定自己的兒子飛飛是否繼續為賊。這樣，僧俠的行為就變得既無善意，又無惡念了。這是一篇故事平平、描寫卻引人入勝的作品。其關鍵首先在於作者善設懸念。如僧邀韋生，韋生疑其非善良之輩，數彈之而不傷，而僧仍從容邀客，韋生不知其意，讀者亦不知其意。至後來，僧緩緩道出比武一事，韋生方知其底裏，於是放心，讀者亦始放心。不料第一個懸念剛解開，第二個懸念又掛起。飛飛與韋生比武，結果如何？此時飛飛不知，韋生不知，僧俠不知，讀者亦不知。直到比武結束，方知飛飛技高一籌，至此，第二個懸念亦迎刃而解。其次，作者善用「冷處理」的方式描寫武技。如韋生彈打僧俠一段：「僧前行百餘步，韋知其盜也，乃彈之，正中其腦。僧初不覺，凡五發中之，僧始捫中處，徐曰：『郎君莫惡作劇。』」無論你怎麼挑釁，人家總是不理，亦不還擊，這大概算是一種武俠中的高級境界吧。再如韋生與飛飛鬥技一段，韋生處處主動進攻，而飛飛只是躲閃招架，並不還擊，而結果韋生並沒有占到絲毫的便宜。碰到這樣的對手，除了自歎弗如以外，還有什麼辦法？這樣一種寫法，對後世小說、尤其是清代俠義小說，影響甚大。

《盧生》也是一篇與眾不同的劍俠之作。它最大的特點就是當你讀開頭部分時，無法預料它的結尾，甚至當故事快要結束時，你仍然無法判斷它的結局。這是一篇最能顯示什麼叫做「尺水興波」的小說。全文包括標點符號不過 400 字左右，而情節卻不斷轉換，高潮疊起：先是唐山人與盧生邂逅相遇，唐山人不知盧生究竟何許人也，讀者亦不知盧生何許人也。然而唐、盧二人之間竟有三大契合點：其一，二人都對「爐火」亦即黃白之術有興趣；其二，盧生外婆家卻原來也姓唐，與山人同姓；其三，他們所行路程的方向一致。這樣，二人係同志、同路兼親戚，自然十分親密。接著，作者筆鋒一轉，寫盧生要求唐山人教他縮錫術的大概。而這種要求的提出又分為三個步驟：第一步，「語笑方酣」時突然要求；第二步，「祈之不已」的反覆要求；第三步，「攘臂嗔目」的強制要求。而唐山人則尋找各種藉口推託，其態度也由「笑曰」到「責之」。這樣，就使得原本「春光融融」的氣氛一下子變成「山雨欲來」了。這麼一個大的情節兼氛圍的轉換，這麼多層次的描寫，作者只用了 100 字左右。接下去，還有更精彩的場面，盧生終於露出其廬山真面目——俠客，並且有「懷中探烏韋囊，出匕首，刀勢如偃月，執火前熨斗削之如札」的出色表演，真讓人驚心動魄而又目瞪口呆。這大概可算是第三道曲折了。再接下去，當唐山人在極端恐懼的前提下和盤托出縮錫之術以後，盧生又轉怒為笑，並說出自己為什麼這樣做的原因。至此，情節與氣氛又一次轉換。最後，當讀者跟著唐山人一起正在咀嚼回味這位盧大俠的來歷還沒有醒過神來的時候，盧生竟自「拱揖唐，忽失所在」了，真正是突兀而來，飄然而去，神龍現首不現尾。從而，也給人一種餘音嫋嫋的審美感受。

《周皓》，在《酉陽雜俎》中雖列入前集卷十二「語資」部，但實際上仍然是一篇豪俠小說。之所以這樣說，主要是因為它前半寫周皓俠氣，後半寫魏貞、周簡老義氣，而且篇中明確指出「周簡老，蓋大俠之流」；《酉陽雜俎》之所以將其歸人「語資」部，只是從形式上著眼，因為該篇的中心故事基本上都是由周皓自己講述的。而這，又恰恰是該篇在寫作方式上的第一大特點。這是一篇在第三人稱掩蓋下的第一人稱小說，這種方式，在中國古代文言小說、尤其是早期文言小說中極為罕見。開篇第三人稱的敘述，不過是個引子。周皓因為與一個 80 多歲而又身穿紅色官服的老者對話，無意中得知此人之所以得官，乃是因為替高將軍的兒子矯正了被人打壞的下頷骨，而打壞這位「高衙內」下頷骨的，不是別人，正是周皓自己。這樣，就引起周皓對一段永生難忘的痛苦往事的回憶。通過司徒薛平的問話，周皓終於全盤托出了這段令人悲酸的往事。「往事」是小說的主體部分，作者的敘述層次極為清晰。先是周皓在青樓中面對不平事大打出手，懲治邪惡。接著是周皓闖下大禍後突圍而逃，亡命天涯。再往後，通過行俠仗義的魏貞的過渡，將周皓送到另一個更為行俠仗義的周簡老那兒。最終，寫周簡老竭盡全力救助周皓，「供與極厚」，嫁周皓以表妹，「贈百餘千」。這樣，一個故事寫了三個俠義人物，而性格又絕然不同。作者在寫他們時，也用了不同的筆法，且重點突出，有詳有略。如周皓青樓行俠，作者寫來如暴風驟雨：「扃方合，忽覺擊門聲，皓不許開。良久，折關而入。有少年紫裘，騎從數十。大詬其母，母與夜來泣拜，諸客將散。皓時血氣方剛，且恃扛鼎，顧從者敵。因前讓其怙勢，攘臂毆之，踣於拳下，遂突出。」這樣，就充分體現了周皓這一「少俠」的血氣方剛和不諳世事。再如後面寫周簡老對周皓竭盡全力的關照，則如同和風細雨：「簡老命居一船中，戒無妄出，供與極厚。居歲餘，忽聽船上哭泣聲，皓潛窺之，見一少婦，縞素甚美，與簡老相慰。其夕簡老忽至皓處，問：『君婚未？某有表妹，嫁與甲，甲卒，無子，今無所歸，可事君子。』皓拜謝之，即夕其表妹歸皓。」這樣，就同樣充分地寫出了周簡老這位「老俠」的明察秋毫和深諳世事。所有這些，應該算作是本篇寫作上的第二大特點。本篇寫作上的第三大特點更為突出，那就是由於讓故事的主人公周皓充當了次敘述人，使得故事的主體部分均出自周皓一人之口，這就必須保證在敘述過程中要能夠充分體現周皓的語言特色。那麼，周皓的語言具有何種特色呢？第一是頗為冷靜客觀，第二是喜歡用短句。關於這方面的例子就不一一列舉了，因為全篇都是如此。

以上所論的這幾篇作品，不僅是唐人傳奇豪俠一類中的佳篇，而且，對後世的武俠小說也具有深遠的影響。上述《京西店老人》、《蘭陵老人》、《僧俠》、《盧生》諸篇，均被明代王世貞選人《劍俠傳》這一武俠小說選本中，就是很好的證明。

三

描寫世態人情的傳奇作品有《旁㐌》、《葉限》、《李和子》三篇，均為成功之作。

《李和子》寫一市井無賴李和子「常攘狗及貓食之，為坊市之患」。後因殺生太多，罪孽太重，「為貓犬四百六十頭論訴」，被陰司鬼卒追逼到案。李和子以酒六碗收買鬼卒、以紙錢 40 萬收買陰曹有司，居然得以延長三年壽命。不過，實際上他只多活了三天，因為鬼卒所謂三年，實乃人間三天也。這個故事的諷刺意味是十分明顯的，陰間差役僅受人幾杯酒，就貪贓枉法，「二鬼相顧，我等既受一醉之恩，須為作計」。而陰間的王法也如同兒戲。二鬼對李和子說：「君辦錢四十萬，為君假三年命也。」明眼的讀者自然可以看出，這陰間地府完全是人間世界的真實寫照。當然，作者對這種黑暗的社會現實也是深惡痛絕的，故而在全篇的最後突發奇兵，揮筆寫道：「及三日，和子卒。鬼言三年，蓋人間三日也。」應該說，這也是一種諷刺．而且是一種更為冷峻的諷刺。

《旁㐌》篇寫的是一個在中外民間文學作品中都經常見到的主題——兄弟之間的矛盾。不同的是，在中國傳統民間故事中，多半是哥哥迫害弟弟，而在這個發生在新羅國的故事中，卻是弟弟不斷地迫害哥哥。最後的結局當然是中外一致：勤勞善良者終於得到神靈的幫助，而懶惰兇殘者則勢必遭到上天的懲罰。故事中的想像十分豐富，如寫哥哥向弟弟求蠶種穀種，弟弟將蠶種穀種蒸熟以後借給哥哥，想不到卻生出「日長寸餘，居旬大如牛，食數樹葉不足」的神蠶和「其穗長尺餘」的神禾。後來，哥哥又因為追逐銜走神禾的鳥兒而遇到一群赤衣小兒，小兒以金錐子擊石而變化萬物，哥哥取其錐而歸，成為巨富。弟弟也想暴富，依樣畫葫蘆，竟至愚蠢到要他哥哥用蒸過的蠶種和穀種來「欺騙」自己，果然也人深山之中，卻不料被群鬼認作竊賊，嚴加懲罰，將他的鼻子拉長一丈，如大象一般。

《葉限》篇寫南方一洞主吳氏的家庭糾紛，是一個典型的後母迫害前妻之女的故事。女主人公葉限，簡直就是一個中國的灰姑娘。故事中，與這位灰姑娘休戚相關的是一條極通人性的神魚。灰姑娘葉限將它從兩寸多長一直養到一丈多長，而神魚也只認葉限一人，「女至池，魚必露首枕岸，他人至不復出。」然而，這樣一條與弱女子親密無間的神魚，卻被灰姑娘的後母殘忍地殺害，並且「膳其肉」，「藏其骨於鬱棲之下」。後來，經神靈指示，藏在糞堆下的魚骨終於被灰姑娘領回家中。從此，灰姑娘要什麼，魚骨就給她弄來什麼。終於，在一次「洞節」上，葉限「衣翠紡上衣，躡金履」，出盡了風頭。故事的結局，是人所共知的。由於一隻金履的媒介作用，灰姑娘被一個「兵強，王數十島，水界數千里」的陀汗國主娶為「上婦」，而那狠心的後母卻被飛石砸死。

《葉限》與《旁㐌》的故事內容雖不相同，但都深深受到外來文化的影響。灰姑娘的故事也罷，兄弟輪番探寶的故事也罷，都具有相當程度的域外色彩。都可以看作是中華文化與域外文化相融合的產物。從這一角度出發，我們也可以看出《酉陽雜俎》的開放性和作者對外來文化的兼容性。從這個意義上講，《酉陽雜俎》也夠得上是真正的「雜俎」：而之所以出現這麼一種狀態，又是與唐代的文化大背景密不可分的。

《酉陽雜俎》中「異遇」類的傳奇作品雖有四篇，但成就卻遠不如以上所述的三類作品。《長鬚國》敘一士人進入長鬚國，實際上也就是巨蝦的王國，除了比較新奇而外，沒有多大的意義。不過，這篇作品應該說對後世《鏡花緣》等小說有一定的影響。《崔汾》篇寫崔汾見陰間官員而沒有給予足夠的尊重，結果遭到嚴厲的懲罰，充分體現了陰間官員也十分小氣，似乎有一點對現實的調侃意味。這篇作品，應該說對《聊齋誌異》中的某些篇章產生了一定的影響。《崔羅什》敘一人遇一漢魏時的女鬼，纏綿悱惻而不及於亂，並約定十年後相見。後來，崔某人果然死於十年之後，按期赴約。這場人鬼之戀，頗有點兒堅貞與純潔的意味。《裴沆》寫一人救一鶴、終有好報的故事，是漢民族傳統文化影響下最為常見的題材，亦乃佛教思想影響下的產物。

四

魏晉南北朝時期的志人志怪小說，大多只是粗陳梗概，情節雖離奇而不曲折、人物多單薄而不豐滿、語言則精練有餘而文采不足，只能算是小說的雛形，或者只能稱之為一種「準小說」。與此相比，唐代文言小說在人物塑造、情節設置、文學語言等方面均有長足的進步，從而形成了中國文言小說的第一個高峰。而這一高峰又大體上可分為三個階段：其一，初、盛唐階段，這只是由六朝志怪向唐人傳奇過渡的階段，是唐人傳奇創作高潮即將到來的準備階段。其二，中唐階段。這是唐人傳奇創作的第一個高潮，其主要特點有二：一是愛情故事居多，二是單篇作品流行；其三，晚唐階段。這是唐人傳奇創作的第二個高潮，其主要特點亦有二：一是劍俠作品居多，二是傳奇結集出版。段成式生活於中晚唐之際，他的《酉陽雜俎》是出現較早、含傳奇作品較多且水平較高的文言小說集。這就使《酉陽雜俎》中的傳奇作品在唐代傳奇小說的發展進程中有了獨特的地位。

就唐人傳奇小說的內容而言，作者們的熱門話題有兩個：男女愛情，豪情俠氣。中唐作家比較傾向於描寫前者，晚唐作家則在前者的基礎上更多地將精力投向後者。《酉陽雜俎》在第一方面並無建樹，但在第二方面卻成果輝煌，段成式可以說是最早的大面積描寫劍俠的唐傳奇作者。除上述兩點之外，「法術」、「異遇」、「世態」等類作品在唐人傳奇中也占量較大，而在這幾個方面，段成式也取得了一定的成績。尤其是「法術」、「世態」二類作品，更體現了段成式自己的特色。大要而言，在「法術」類作品中，他揉入了濃厚的人性色彩；而在「世態」類作品中，他又吸收了清新的域外氣息。這就使得《酉陽雜俎》中這兩類傳奇作品具有獨特的段成式意味，而不會被其他人的作品所混淆或取代。就表現手法而言，《酉陽雜俎》中的傳奇之作也具有段成式式的特色，這種特色首先是善寫場面、尤其善於描寫武技打鬥場面；其次是善於編寫故事，尤其是那些富有傳奇意味的故事，這些，在上述作品中都有充分的表現。

（原載《黃岡師範學院學報》2002 年第五期）

論皇甫氏《原化記》中的傳奇之作

唐代有一位我們連名字都不知道而創作頗豐成就頗高的傳奇作家——皇甫氏，《原化記》一書就是他的大作。皇甫氏，名字籍里不詳，號洞庭子，約生活於晚唐初期。

《原化記》一卷，約成書於唐武宗會昌年間（841～846），或謂成書於唐僖宗乾符年間（874～879）。《通志·藝文略》著錄於「小說類」。原書早佚，曾慥《類說》錄其佚文 9 則，《太平廣記》錄其佚文 59 則，又有 5 則亦錄入《太平廣記》，然題作《原仙記》。在現存的 60 多篇作品中，可以稱之為「傳奇」小說的大概有 20 篇左右。

由於《原化記》原本沒有保留下來，我們這裡所評價的《原化記》之傳奇諸篇，均以《太平廣記》為依據。這些作品是：《採藥民》《拓拔大郎》《王卿》《陸生》《葫蘆生》《吳堪》《華嚴和尚》《崔尉子》《嘉興繩技》《車中女子》《崔慎思》《義俠》《李老》《張仲殷》《韋滂》《劉氏子妻》《韋氏》《南陽士人》《柳並》《京都儒士》等。這 20 篇傳奇之作反映的社會生活面非常廣泛，尤其是對晚唐社會普通人的生活和思想有著頗為深刻的描寫和揭示。

一

在《原化記》現存傳奇小說中，有兩方面的作品最引人注目：其一是描寫世俗生活的，其二是表現豪俠題材的。我們先來看第一類。

《吳堪》是一篇非常獨特的作品，該篇前半顯然是來自於託名陶潛的《搜神後記》卷五中的「白水素女」則，而後半卻是一個典型的民間智慧婦女鬥官府的故事。

凡人遇仙女而成婚配的故事，在中國古代小說創作中淵源有自，六朝時，此類作品越來越多，如《搜神記》中的《杜蘭香》《天上玉女》《董永妻》、《搜神後記》中的《袁相根碩》《白水素女》、《幽明錄》中的《劉晨阮肇》《河伯婿》、《續齊諧記》中的《清溪廟神》、《窮怪錄》中的《蕭總》《劉子卿》《劉導》等等。這些故事大都或明或暗地體現著一個基本傾向，與仙女有情緣關係的男人大多是最普通的人，甚至是一些普通勞動者，這與《聊齋誌異》中的與狐女相交者多半為窮愁潦倒之書生的寫法是大相異趣的。而《吳堪》篇的意義則在於，它的前半對於「白水素女」向著「聊齋誌異」在男主人公社會角色的演變而言，是一個過渡。我們且看兩篇作品的開頭部分分別對男主人公的介紹：「晉安帝時候官人謝端，少喪父母，無有親屬，為鄰人所養。至年十七八，恭謹自守，不履非法。始出居，未有妻，鄰人共憫念之，規為娶婦，未得。端夜臥早起，躬耕力作，不捨晝夜。」（《白水素女》）「常州義興縣有鰥夫吳堪，少孤，無兄弟。為縣吏，性恭順。其家臨荊溪，常於門前以物遮護溪水，不曾穢污。每縣歸，則臨水看玩，敬而愛之。」（《吳堪》）這兩位後來都碰上「田螺姑娘」的男人，雖然都具有著「恭謹」「恭順」的性格，但二者之間的不同之處也是顯而易見的。一個是「夜臥早起，躬耕力作，不捨晝夜」的農民，似乎沒什麼閒情逸致；另一個卻是對門前的溪流「每縣歸，則臨水看玩，敬而愛之」的縣吏，多多少少帶有一些「文化人」的意趣。

如果說，《吳堪》篇的前半是上述所言的那種男主人公的演變的過渡的話，那麼，該篇的後半則是對此前傳統的「遇仙」題材的一種旁逸，一種向著更為世俗的方向的大踏步的「旁逸」。它所表現的智慧女子鬥官府（或財主）的故事，其源頭應該是那些現在已經沒有文本依據但卻在民眾口頭上長期流傳的民間故事，並且，這是一種帶有「母題」性質的傳說故事。也許筆者孤陋寡聞，目前還尚未看到早於《吳堪》篇的表現這一「母題」的小說作品。從這個意義上講，該作品具有將口頭傳說轉化為「文本」的里程碑性的歷史地位，它對後世同一「母題」的文學作品所產生的巨大影響是不言而喻的。

《崔尉子》一篇，雖然有一個公案故事的外殼，而實際上所反映的則是一個普通家庭悲歡離合的故事。崔某選一縣尉，攜妻赴任，路上為歹毒的船家所殺害，並佔有其妻，而其妻已懷孕，後生一子，被船家養為己子。二十年後，崔尉子赴京趕考，途中巧遇其祖母，祖母贈以崔某往年之衣衫。此子回家後，其母見此衣衫，追問，並告之以二十年前事。崔尉子告官，兇手伏誅。

與之相類似的故事，在古代戲曲小說中經常寫到。《西遊記》中唐僧出世一段，就有近似的情節。而《警世通言》卷十一《蘇知縣羅衫再合》，則基本上是根據《崔尉子》加工改造而成的。此類作品，反映了當時許多人的一種「弱者」心態。人們對於江湖社會普遍存在著一種恐懼感，尤其是那些出外經商、千里宦遊者而言，遙遠的路途生活缺乏安全保障，殺人越貨的現象屢見不鮮，這種社會現實是非常可怕的。因此作者們通過這些故事，一方面提醒那些善良的人們要時時警惕，另一方面，也通過對惡徒的懲罰來進行一種懲惡揚善的宣傳。

除《吳堪》和《崔尉子》以外，《原化記》現存傳奇作品中還有不少描寫普通人生活、反映普通人願望的作品。如寫凡人遇仙而得見玉皇的《採藥民》，如描寫一神機妙算的占卜者的《葫蘆生》。《京都儒士》諷刺了懦弱無能而又妄稱膽大者，《拓拔大郎》則寫了一個輕侮客人者而最終為人所辱的故事。此外，還有展現法術的《陸生》、《王卿》，還有描寫異遇的《韋氏》、《南陽士人》和《柳並》，當然，也有帶有因果報應思想的《華嚴和尚》、《李老》等等，芸芸眾生，紛紛以各自的姿態在這裡一一亮相。儒道釋各種思想，也紛紛在這裡登臺表演。

《原化記》的作者描寫世俗眾生的本領是很高的，往往能做到入骨三分、窮相極態。聊舉一例，以見一斑。如《京都儒士》寫那膽小的吹牛者，一開始當人們議論「人有勇怯，必由膽氣，膽氣若盛，自無所懼，可謂丈夫」時，這位京都儒士竟「自媒」曰：「若言膽氣，余實有之。」當眾人為考驗其膽氣而提出要他深夜獨居大凶之宅（實則乃一空宅，非凶宅）時，他爽快地答應：「唯命。」當眾人將他送到所謂凶宅，並問「公更要何物」時，他的回答是：「僕有一劍，可以自衛，請無憂也。」真可謂英雄豪氣三千丈了。然而，當眾人離開了以後，此人就露出了本來面目：「遂向閣宿，了不敢睡，唯滅燈抱劍而坐，驚怖不已。」由此可見，此人的語言和行為、人前和人後具有多麼大的反差。然而，這還不算，更精彩的還是這位「京都儒士」下面這段傑出的表演：

> 至三更，有月上，斜照窗隙，見衣架頭有物如鳥鼓翼，翻翻而動。此人凜然強起，把劍一揮，應手落壁，磕然有聲。後寂無音響。恐懼既甚，亦不敢尋究，但把劍坐。及五更，忽有一物，上階推門，門不開，於狗竇中出頭，氣休休然。此人大怕，把劍前斫，

> 不覺自倒，劍失手拋落。又不敢覓劍，恐此物入來，床下跧伏，更不敢動。忽然困睡，不覺天明。諸奴客已開關，至閣子間，但見狗竇中，血淋漓狼藉。眾大驚呼，儒士方悟。開門尚自戰慄，具說昨宵與物戰爭之狀。眾大駭異。遂於此壁下尋，唯見席帽半破在地，即夜所斫之鳥也。乃故帽破弊，為風所吹，如鳥動翼耳。劍在狗竇側。眾又繞堂尋血蹤，乃是所乘驢，已斫口喙，唇齒缺破，乃是向曉因解，頭入狗門，遂遭一劍。眾大笑絕倒，扶持而歸，士人驚悸，旬日方愈。

像這樣的儒林醜類，真可謂自欺欺人、丑態百出，而作者僅用寥寥300餘字，就勾勒出其醜惡嘴臉，亦可謂用筆經濟而趨於化工之境也。

二

《原化記》的作者生活於唐人傳奇小說最輝煌的時期——晚唐，而這一時期傳奇小說尤其看好豪俠題材。皇甫氏正是一位描寫豪俠傳奇故事的高手，而且是一位特別注重故事本身的生動與驚險的作手。

《原化記》中現存的豪俠傳奇作品主要有《嘉興繩技》、《車中女子》、《崔慎思》、《韋滂》、《劉氏子妻》、《義俠》、《張仲殷》等。這些作品對豪俠人物的描寫，在唐人傳奇中別具一格，其主要特點便是「刺激性」。如《嘉興繩技》寫一犯人借一根長繩而逃逸，不僅令書中人物目瞪口呆，就是讀者讀了以後也感到出乎意料，很有刺激性。再如《車中女子》寫「俠以武犯禁」，一夥強盜居然到宮禁中作賊，來無影、去無蹤，亦給人以強烈的刺激。至於《崔慎思》篇，所描寫的則是一個在古代傳奇小說中經常被表現的題材。俠女復仇，借一男子作掩護，復仇後，割情殺子，棄夫而去。這種故事，無論給人留下的印象是佳是惡，總之都是一種觸目驚心的刺激。《韋滂》和《劉氏子妻》兩篇，寫的都是不怕鬼的故事。前者寫一豪俠之人宿凶宅而與妖精搏鬥，後者寫另一豪俠之人與朋友打賭而夜背女屍，雖然兩篇故事的結局不同，但都給人一種奇特的刺激。《義俠》篇是典型的劍俠小說，歌頌俠客義士，批判負義小人，快意恩仇，在給人以刺激的同時，又讓人大大地宣洩了對人間鬼蜮的憤鬱之情。《張仲殷》篇中的箭術，帶有濃烈的神奇色彩，但若去其神化意味，則體現了一種「技藝」的力量，也很能吸引讀者。所有這些作品，都從不同的角度，體現了《原化記》中豪俠傳奇作品的一種特殊的意味——驚險的故事所造成的強烈感官刺激，具有很強的可讀性。

《車中女子》是《原化記》中最優秀的作品，也是唐人傳奇中最為精彩的豪俠小說之一。這篇故事情節並不十分曲折，但卻非常生動、驚險，這主要是因為作者在不算太長的篇幅中連連設置懸念的緣故。正是在眾多懸念環環相套的運行過程中，讀者得到了一種刺激，一種不可名狀的審美快感。請看：故事一開始就寫吳郡舉人在坊曲中碰到二少年無緣無故地與他打招呼，對此，不僅吳郡舉人納悶，就是讀者也感到奇怪。二人是誰，為什麼打招呼？這便是第一個懸念。隨後，吳郡舉人與二少年再度相逢，又被莫名其妙地邀進一座整肅的舍宇之中，糊里糊塗地坐下，大家似乎都在等待一個重要人物。那重要人物是誰呢？這便是第二個懸念。當盜魁女俠出現以後，飲饌之間，女子突然提出要領教吳郡舉人的絕技，而舉人一下子也弄不明白自己到底有什麼絕技在身。這，便是第三個懸念。等到吳郡舉人表演了著靴壁上行數步的所謂「絕技」之後，眾少年紛紛表演各自的拿手好戲，惟獨女子沒有表演，而是起身離去。這樣，又留下第四個懸念：女俠到底有多大的本領？及至吳郡舉人因借馬與盜賊而被牽連入獄，處境十分艱難的時候，作者又拋出第五個懸念：舉人能否出獄，他將如何出獄？最終，女俠大顯身手，救出吳郡舉人，懸念方才得到徹底的消解。然而，當讀者大大地鬆了一口氣的時候，故事也就臨近尾聲了。

此外，這篇作品還向我們展示了一個沒有名姓的青年女俠形象。對於這位群盜之魁首、同時也是該篇中居於頭等重要地位的人物，作者僅用兩個片斷就將她寫得光彩照人。第一個片斷以側面描寫為主，正面描寫為輔，重點描寫群盜對她的恭敬之態：「更有數少年，各二十餘，禮頗謹。數出門，若佇貴客。至午後，方云：『來矣。』聞一車直門來，數少年隨後，直至堂前，乃一鈿車。」「女乃升床，當局而坐。揖二人及客，乃拜而坐。又有十餘後生，皆衣服輕新，各設拜，列坐於客之下。」這些，都是烘雲託月之法，寫群盜之恭謹，是為了襯托車中女子之威嚴。而對於車中女子的服飾容顏，作者只用了「年可十七八，容色甚佳，花梳滿髻，衣則紈素」等十數字進行正面描寫。另一個片斷是以正面描寫為主，充分展示了女俠出神入化的輕功：「忽見一物如鳥飛下，覺至身邊，乃人也。……以絹重繫此人胸膊訖，絹一頭繫女人身。女人聳身騰上，飛出宮城。去門數十里，乃下。」通過這兩個片斷的描寫，女俠的英姿風神就躍然紙上了。

《車中女子》還有一獨特之處——寫女俠而不及於愛情。這種寫法，足以使那些故事中本不需要愛情描寫而有意添加「愛情調料」的小說作者、電影作者和電視劇作者汗顏。

《嘉興繩技》是一篇篇幅不長卻又饒有趣味的傳奇小說。該篇的最大特點就是一個「奇」字，背景「奇」，人物「奇」，技藝「奇」，結局「奇」。而所謂「奇」，主要又體現在兩個方面：一是與眾不同，一是出人意料。

《嘉興繩技》的故事具有與眾不同的背景：大唐帝國最興旺發達的時候，「憶昔開元全盛日」，邊釁不開，朝野太平，皇家與民同樂，敕令特許百姓大規模聚飲。而州縣地方各級行政司法官員也似乎無所事事，居然都搞起百戲競賽活動來。上有好者，下必甚焉。官員如此，吏員亦如此，大家都因為沒有一技之長而感到深深的羞愧。似乎為官作吏並不是為了審理案件或管好犯人，而是為了爭競賽勝負而滿足虛榮、呈一技之長而取悅上憲。正是這樣一種在中國封建時代頗為罕見的生活背景，決定了後面故事的可能性。

在這種與眾不同的背景之中，篇中與眾不同的主人公上場了。他是一個囚犯，因為表示身懷絕技而被官員吏員們當作可居之奇貨、博戲之王牌，被推到一個奇異的位置上。而那人對官吏們的拿捏卻也恰到好處，請看：他先是笑著說：「某有拙技，限在拘繫，不得略呈其事。」弔起獄吏的胃口。隨即，又對司法大人說：「某所為者，與人稍殊。」「眾人繩技，各繫兩頭，然後於其上行立周旋。某只須一條繩，粗細如指，五十尺，不用繫著，拋向空中，騰躑翻覆，則無所不為。」這樣一來，這個狡黠的囚徒就將監獄中的各級官吏一個個、一步步引入其彀中，使得官吏們或「驚曰」或「大驚曰」，煞是可笑。

我們再來看那囚徒之「技」，委實可以通神。而這種技藝表演的可貴之處，也仍在與眾不同。請看他的表演：「遂捧一團繩，計百餘尺，置諸地，將一頭手擲於空中，勁如筆。初拋三二丈，次四五丈，仰直如人牽之。眾大驚異。後乃拋高二十餘丈，仰空不見端緒。此人隨繩手尋，身足離地，拋繩虛空，其勢如鳥，旁飛遠颺，望空而去。」別人之繩技，是在平行線上的翻滾騰挪，而此人之繩技，則是直入雲端的望空而去。如此表演，才真正算得上神乎其技，才是真正的出神入化的工夫。

該篇的結尾，也是與眾不同的；不僅與眾不同，而且出人意料。當那囚犯「望空而去」之後，作者特意加了八個字：「脫身行桎，在此日焉。」給在場的觀眾和書外的讀者一個共同的意外：原來此人之所謂「繩技」，不過是一種逃跑的手段而已。但是，作為一個心態正常的讀者，誰也不會去譴責這位囚徒，誰也不會認為他的手段是卑鄙的，當然，誰也不會認為他的技藝是下流的。相反，讀者在得到一種舒暢的審美快感之後，反而更加讚美那人高超的技藝和他那可愛的狡黠，同時，也覺得作者所安排的這樣一個意外的結局真正是一個大快人心的「意外」。

《崔慎思》篇雖被冠以「崔慎思」的題目，但真正的主人公卻毫無疑問應該是那位給崔慎思帶來無限幸福與無限悲哀的「俠女」。作者在塑造這一個性格奇特而鮮明並且不知名姓的女俠形象時，採用了「藏」與「露」兩種手法，寫出了她「隱」與「顯」的雙重品格。進而，在強烈的自我對比中，完成了這一與眾不同而又充滿傳奇色彩的女性形象。

表面看來，那女人是何等美麗溫柔、忠厚可愛，甚至帶有幾分自卑：「有少婦年三十餘，窺之亦有容色。」「慎思遂遣通意，求納為妻。婦人曰：『我非仕人，與君不敵，不可為他時恨也。』求以為妾，許之，而不肯言其姓。」「二年餘，崔所取給，婦人無倦色。」但這一切都是假象，或者說，都是作者用「露」的手法寫的那女人的顯性人格的一面。而實際上，那女人是一個脂粉金剛、裙釵羅剎，是一個殺人不眨眼的復仇女神。與她外在的溫柔忠厚相比，她的內在性格十分的「冷」——冷酷、冷靜、冷漠。她可以在月光朦朧之夜徑取仇人之頭，她可以斷然割掉兩年恩愛逾牆越舍而去，她甚至可以去而復返、不動聲色地殺死自己的親生兒子。所有這些，都是她真實的一面，或者說是作者用「藏」的手法寫出的她的隱性人格的一面。尤妙在最後一筆，婦人告辭後，「少頃，卻至，曰：『適去，忘哺孩子少乳。』遂入室，良久而出，曰：『喂兒已畢，便永去矣。』」似乎在無情之中包含有情，於冷酷之外稍具仁愛。但結果，卻是忍心殺子，做出了常人所不能為之事。讀到這裡，人們或許會認為這個女人太過殘酷。但作者卻認為「殺其子者，以絕其念也」，並讚揚這種做法「古之俠莫能過焉」。究竟那種殺子以絕情的做法是不是一種「至情」的表現，或者說，作者筆下的俠女是不是完成了一個「有情」——「無情」——「至情」的怪圈之迴旋，各種不同世界觀、人生觀的讀者自可得出不同的結論。但有一點卻應該是可以肯定的，那就是作者在本篇中完成了一種境界——一個超乎常人的俠女對人生領悟的境界。而這種境界的完成、或者說，這位俠女形象的最終得以完成，主要就是借助於「對比」的手法，隱與顯、藏與露的對比。

《韋滂》篇雖然被《太平廣記》的編者歸入「妖怪」類，但實際上它卻仍然是一篇非常不錯的「豪俠」之作。篇中的主人公韋滂，可以說是一位膽大心細而又狂放不羈的豪俠，是一位在文學作品中並不多見的英雄人物形象。一開篇，作者就給我們勾畫了韋滂與眾不同、豪放不羈的個性：「士人韋滂，膂力過人，夜行一無所懼。善騎射，每以弓矢隨行，非止取鳥獸烹炙，至於蛇蠍蚯蚓蜣螂螻蛄之類，見則食之。」這種個性的揭示，為以後描寫他一連串出人意料的行為打下了基礎，埋下了伏筆。接下去，作者描寫了韋滂一連串的與眾不同的行為。京中暮行而求宿，不怕鬼魅而入凶宅居之，鬼魅尚未惹他卻先以弓矢相待，鬼魅出現後又主動射之，射中後竟然直往拔箭，以火照之又大笑己言之不虛。旋即烹怪肉、切怪肉、食怪肉、分怪肉、留怪肉，直到最後贈主人以怪肉。這些行為並不是在每一個人身上都可能發生的，甚至也並不是在每一個英雄人物身上所可能發生的。因為在許多英雄人物身上可能會具備機智和勇敢的氣質，但卻不一定有韋滂這一份狂放，這一份帶有幽默趣味的勇敢和機智，甚至可以說是一份帶有人類原始野性的勇敢和機智。這，正是韋滂的與眾不同之處，也正是這篇作品的與眾不同之處。而所謂與眾不同，恰恰也就是一種獨特的、異趣的審美意味之所在。當我們讀了許多味道很「正」的豪俠傳奇作品之後，再來讀讀這篇味道特殊的作品，是否有一種吃過太多的雞鴨魚肉以後再去品嘗「蛇蠍蚯蚓蜣螂螻蛄之類」的感覺呢？

當然。韋滂也有與正常英雄人物相一致的地方，那就是他的勇敢和機智，或者稱之為膽大心細吧。當得知求宿之處乃凶宅之後，他仍然回答「但許寄宿，復何害也！殺鬼吾自當之」，這便是其膽大之處。而吃飽喝足之後，他「列床於堂，開其雙扇，息燭張弓，坐以伺之」，這又是其心細之處。隨後，「於暗中引滿射之，一箭正中」，「連射三箭」，從而進一步掌握了殺戮鬼魅的主動權，這是對他機智性格的進一步展開。同時，「攜弓直往拔箭」，「呼奴取火照之」，又是對他勇敢精神的深一層表現。通過這樣反反覆覆的交錯描寫，一個機智勇敢、膽大心細的英雄形象就躍然紙上了。

為了體現韋滂的膽大心細和豪放不羈，作者除了進行正面描寫之外，還採取了其他的手段和方法。如對韋滂僕人的描寫雖只有寥寥數筆，卻也對主人公起到了一種很好的陪襯作用。那位連姓名都未曾展示的僕人一會兒「歇馬槽上」，一會兒「置燭燈於堂中」，一會兒「入廚具食」，看來非常機智靈活。還是這位不知名姓的僕人，居然在其主子的命令下取火照怪物、廚下烹怪物，最終還吃了主子分給他的怪物之肉。看來他在其主子平時的帶動之下，對於各種怪物肉的烹食是訓練有素的。當然，這也需要一定的膽量。當然，沒有這樣的僕人是配不上他的主子的。這就是所謂有其主必有其僕的道理。反過來講，僕人的所有行為，都是其主子性格的一種陪襯，或者說，也是一種延伸。

《義俠》是一篇篇幅短小而情節曲折的作品，寥寥數百字，卻塑造了四個栩栩如生的人物形象，而且四人之間形成了鮮明的性格對比。作者的寫作手法，無疑是十分高明的。

京畿尉是一個忠厚長者的形象。當賊人向他表白自己的時候，他出於對賊人的「狀貌不群，詞采挺拔」的愛惜，冒著極大的危險，放了賊人。並且，還害得自己手下的一名親信獄吏因此而逃亡江湖，最終，自己也受到了上司的譴責與懲罰。後來，京畿尉在自己多年客遊生活非常疲憊的時候，他鄉遇故知，而且是對之有救命之恩的故知。然而，他並沒有什麼過分的要求，只不過在一起盤桓了十幾天，讓對方盡盡地主之誼罷了，殊不知卻落下個被人追殺的結局。在生死關頭，京畿尉體現了他忠厚老實甚至有幾分軟弱無能的性格，除了「乘馬便走」，就是「言訖吁嗟」，最終，當劍客要為他報仇時，也不過是「怕懼愧謝」而已。這個人物是封建時代許許多多讀書人的典型：有正義感，有同情心，甚至對某些事情也有自己的主見，但碰到突發的變故時卻無以自保。作者塑造的京畿尉的形象是真實的，他本身就具有一定的價值和意義。然而，京畿尉的形象更重要的倒不在於他本身，而在於他對某縣令的反襯和他作為線索人物對整個故事的推動作用。

某縣令是另一個很複雜也很真實的人物形象。一開始，他或許是真的受冤枉而被投進了監獄。但他不願因此而毀掉自己的一生，他要尋找機會碰碰運氣，因為他很自信。他對縣尉說的話是真實的，他不僅不是一個賊人，而且還絕非等閒之輩。京畿尉是他的恩人，更是他的福星，他被偷偷地釋放了。幾年後，他已經憑著自己的能力混到了一縣之長的位置。但就在這樣的時候，他的救命恩人同時又是知根知底的京畿尉來到了他的領地。京畿尉的雙重身份決定了縣令對他的複雜的態度，所謂「驚懼」，就是這種心理的真實反映。這時，在顯意識裏他把京畿尉當作救命恩人，因此能與之「歡洽旬餘」而「不入宅」；但在潛意識裏，他應該能夠感覺到京畿尉對自己的一種威脅，不然，故人兼恩人來訪，何「懼」之有？而這種複雜的心態，就為後來京畿尉的悲劇埋下了伏筆。隨後，在妻子的點醒之下，他終於下定決心，對恩人下毒手，要恩將仇報了。這種忘恩負義的人物，在現實生活中並非罕見，在文學作品、尤其是戲劇小說作品中更為多見。發人深省的是，這些恩將仇報的人多半並非愚民百姓，而是有知識、有文化、有本領、有造化，至少是有一技之長的「聰明人」。而本篇中的縣令就是這方面的典型，是一個有所作為的以怨報德者。作者對這種人物的嚴厲批判，其實就是本篇的創作主旨之所在。

縣令妻在作品中只說了兩句話，但卻給讀者留下了深刻的印象。為什麼會出現這種現象呢？那是因為她所說的後一句話是一種「文化」。古人云：「受人滴水之恩，必當湧泉相報。」古人還說：「大恩不報，報則以身。」這個女人的丈夫受人之最大的「恩」——救命之恩，而她卻勸丈夫去結果恩人的性命，還說什麼「公豈不聞，大恩不報？」這完全是顛倒黑白、混淆視聽的言論，這個女人的罪惡真真令人切齒。進而言之，人們之所以痛恨這樣的女人，固然是因為她極端自私，但更重要的是因為她破壞了一種道德，破壞了傳統道德中的良好因素，破壞了已經被許許多多的人所根深蒂固地接受了的傳統文化的合理性的一面。歷史和實踐都多次證明，凡站在深受大多數人所接受、所喜愛、所信奉的傳統文化合理性的對立面的人，終究是會被人類所唾棄的。

「義俠」這一人物形象當然是被作者所深深讚揚的，而這位劍客的行為也是封建時代許多渴望正義的人們所渴望看到的。因此，他身上的理想主義的光輝自不待言。更為有趣的是，俠客形象是在與縣令夫妻、京畿尉的對比中得以完成的。縣令的忘恩負義與劍客的是非分明，縣令妻的自利之心與劍客的凜然正氣，京畿尉的忠厚軟弱與劍客的剛強果決，都形成了鮮明的對比。通觀全篇，作者並未對劍客的劍術或武功進行正面描寫，而只是寫了他的「態度」，一種為人處世的態度，就勾畫出了這一俠義人物的三魂六魄。這種經濟而有效的筆墨之所以能造成如此好的藝術效果，是與「對比」手法的成功運用分不開的。

《劉氏子妻》是一篇頗為奇特的作品。在中國古代小說作品中，有不少「冥契」故事，該篇就是其中之一。然而，該篇之意義，又不是「冥契」二字所能包含得了的。儘管《太平廣記》的編者將該篇置於「再生」一類中，但

「再生」二字同樣也無法概括本篇豐富的內涵。不錯，這篇作品是寫了「冥契」啦「再生」啦一類的事情，但它給讀者留下的最深印象卻應該是那天不怕地不怕鬼神也不怕的豪俠形象——劉生。

作品一開始就給劉生豪俠的性格定下了基調：「劉氏子者，少任俠，有膽氣。」「與舊友相遇，甚歡。常恣遊騁，晝事弋獵，夕會狹邪。」後來，又通過兩大具體事件的描寫，充分體現了這一豪俠人物奇特的性格特徵。一是送物於壞冢棺上，二是背女屍而歸家。

第一件事，劉生是被動的，也是被激的。為了體現劉生的包天大膽，作者特意給他安排了一個極其恐怖的場景：「時將夏夜，暴雨初止。」「夜半至墓，月初上。」在這麼一個雨後的月夜，要將一件物品送至「棺柩暴露」的「壞墓」之上，這是多麼能考驗人膽量的一件事情啊。儘管這樣的事並非絕對沒人敢做，但敢這樣做的人也委實不會太多。然而，在本篇中，這還算不上最奇特、最給人一刺激的情節和場景。劉生所幹的第二件事，那主動的、並非被同儕所激的、或許是被一種莫可名狀的情緒所激發的一件事——背女屍，卻令人受到更大的刺激。劉生似乎是面對恐懼環境的一根彈簧，場面越是可怕，他的膽子就越大。當來到棺柩暴露的壞冢附近時，借著初升的月光，他看見一個物體蹲坐在棺木上。碰見這種狀況，一般的膽大者恐怕也會心悸而逃的。然而，劉生是膽大者中的膽大者，他不僅沒跑，反而近前仔細看了起來。當發現是一具女屍後，他又一次地體現了膽大者中之膽大者的風采，不僅沒有後退，反而背起死屍一口氣跑了十幾里路。後來，直把死屍背回家，又抱著屍體睡覺。如此膽量，如此豪氣，如此作為，不用說在現實生活中幾乎難以見到，就是在文學作品中也堪稱罕有其儔。通過這樣兩個故事，劉生這個不知道人世間有「恐懼」二字的豪俠形象就在人們心目中矗立起來了。

《劉氏子妻》為了塑造劉生形象，除正面描寫和環境烘托外，還用了層層遞進和對比映襯的方法。作者寫劉生的英雄豪氣，一共分三個層次。一是基調鋪墊，二是送物壞冢，三是背屍夜行。三個層次一個比一個深入，一個比一個精彩，層層遞進，環環相扣，直至將人物的精神面貌表現得淋漓盡致為止。對比映襯的手法，主要體現在對其他市井惡少的描寫方面。在眾人看來，能於黑夜將物品送到壞冢之上，就很了不得了，就值得擺一桌酒席以慶祝犒賞之了。孰料劉生不僅送物品於壞冢之中，而且還背回一個屍體。這種行為大大出乎眾人意料之外，因此才有「一座絕倒」，才有「奔走藏伏者」，才有事後眾人「亦伏生之不懼也。」值得注意的是，這些用來映襯劉生的，並非尋常之輩，而是一夥街巷中的無賴之徒、亡命之徒——市井惡少。這就比用那些文弱書生或其他人物來映襯豪俠之士效果要好得多。

三

由上分析，我們已可看出皇甫氏《原化記》某些傳奇之作是寫得相當不錯的。然而，更重要的則是這些作品除了自身堪稱優秀之作外，還對中國古代小說的發展產生了巨大的影響。

我們首先來看一點顯性材料：寫盜賊直入禁中盜物，女俠又敢入天牢救人，可謂膽大妄為至極。《車中女子》的這種寫法，對後世俠義公案小說如《施公案》《彭公案》《三俠五義》等作品影響甚大。如盜御馬、盜九龍冠之類，均以該篇為濫觴。《嘉興繩技》對後世小說創作也具有較大的影響，《聊齋誌異·偷桃》中的有關情節，就是學習該篇的結果。《崔慎思》篇所寫的故事，與同是唐人傳奇的薛用弱《集異記》中的《賈人妻》一篇大體相近，或乃一事二傳，或為題材因襲。而這兩篇作品所描寫的故事，又對後世小說創作產生了較大的影響。蒲松齡《聊齋誌異》中《俠女》一篇，就是相同題材的作品。《義俠》篇所描寫的故事對後世文學創作的影響也很大，《醒世恒言》卷三十《李汧公窮邸遇俠客》就是根據該篇改寫的。《劉氏子妻》對後世文學創作影響尤大。劉生所幹的兩件事，第一件送物於壞冢棺上，明顯影響了《聊齋誌異》中的《陸判》；第二件背女屍而歸家，則在《拍案驚奇》中被改編成一個幾千字的白話故事而作為《宣徽院仕女秋韆會，清安寺夫婦笑啼緣》一篇的頭回。

至於隱性的影響，或人物塑造，或情節設置，或場面描寫，或氣氛烘托，甚至到遣詞造句等細微末節之處，甚至到傳統文化心理的絕大題目，《原化記》對後世戲劇小說、尤其是小說創作，都起到了一種示範作用，或產生了一些潛移默化的影響。關於這一點，在以上分析中多有涉及，此不贅述。

最後需要說明的是，《原化記》現存 60 篇作品竟有 20 篇為傳奇小說，占總量的三分之一，這個比例在唐代小說集子中是比較高的。而這種狀況，其實也是一種過渡，一種唐人傳奇小說發展過程中的必然現象。唐人傳奇小說是從六朝志怪小說發展過來的，在它自身的發展過程中，又經歷了單篇傳奇、小說集中星星點點的傳奇、小說集中較多的傳奇、傳奇小說專集這樣一種演變的軌跡。《原化記》屬於第三階段，時間是中唐之後、晚唐之初。因此，從這個角度來看，《原化記》也是值得我們深入研究的。只是本文篇幅有限，對這一問題，只好另撰專文討論了。

（原載《荊州師範學院學報》2003 年第一期）

唐人傳奇讀箚十一篇

李公佐《謝小娥傳》

《謝小娥傳》乃李公佐所撰。李公佐，字顓蒙，隴西（今屬甘肅）人，生活在唐代宗、德宗、憲宗時代，曾中進士。貞元十三年（797）泛瀟湘、蒼梧。十八年（802）秋，自江南赴洛陽，同年作《南柯太守傳》。元和六年（811）五月，任江淮從事，奉使赴長安，作《廬江馮媼傳》。後又為鍾陵（今江西南昌市）從事，八年，罷江西從事，泊南京，冬，至常州。九年（814），泛洞庭湖，登包山，同年作《古嶽瀆經》。十三年（818），自南方歸長安。另據《舊唐書・宣宗紀》載，大中二年（848）朝廷派揚府錄事參軍李公佐推勘吳湘獄。若彼李公佐即是此李公佐的話，則他是非常長壽的。李公佐是中唐著名傳奇小說作家，其傳奇小說作品保存至今者除上述三篇外，還有本帙所選之《謝小娥傳》。另外，李公佐與白行簡友好，曾勸白行簡寫成唐代傳奇小說名篇《李娃傳》。

本篇據《太平廣記》卷四九一。是一篇獨具品格的傳奇作品。

篇中寫俠女謝小娥傭身虎穴狼窩而報殺父戮夫之深仇大恨，讀之令人心旌震動。然小娥乃一普通女子，篇中未見其嫻於武功的描寫，其之所以報仇而具「俠」氣，究其原因有二。一是父親、丈夫慘死，乃切膚之痛，是所謂「哀兵」，而哀兵是必勝的。二是其夫段居貞乃「負氣重義，交遊豪俊」之士，想必對小娥深有影響。如此，作者便寫出了俠女復仇特定的環境與心境，讀者對她以一弱女子而殺劇盜復仇的壯舉便不覺突然了。

至若小娥之復仇過程，按常理，本應寫得飽滿曲折、淋漓盡致，然作者寫來卻十分簡明，如行雲流水。你看，小娥先解仇人之名，又訪仇人之地，繼而傭身仇家，又獲仇人贓物，最終俟機報仇。簡潔明快之筆，猶如俠女復仇本身一樣令人快暢不已。其中，尤以小娥殺賊的場面至為簡潔：「小娥潛鎖春於內，抽佩刀先斷蘭首，呼號鄰人並至，春擒於內，蘭死於外。」這樣的場面，如果讓擬話本小說或當今武俠小說的作者寫來，不知要耗費多少筆墨，然而李公佐僅僅只用了二十餘字，就將其「敷衍」過去。是作者沒有描寫才能嗎？是小娥殺賊的場面本身不夠精彩嗎？都不是。作者這裡採取的是「春秋左氏傳」的筆法：「畫龍」不遺餘力，「點睛」則惜墨如金。請看：「鄭伯克段於鄢」有數千字，但寫其點睛處「克段於鄢」的場面卻只有三十餘字：「命子封帥車二百乘以伐京。京叛太叔段，段入於鄢。公伐諸鄢。五月辛丑，太叔出奔共。」同樣，「秦晉崤之戰」的來龍去脈也是寫得洋洋灑灑數千言，真正打起來，卻只有「夏四月，辛巳，敗秦師於崤。獲百里孟明視、西乞術、白乙丙以歸」這樣二十多字。在《左傳》中，像這樣詳於畫龍、精於點睛的例子還有很多，而唐人傳奇小說的重要文學淵源之一恰恰就是諸如《左傳》這樣的傳記文學的經典名著。從這樣一些細微末節之處，我們恰可看到異代文學傳承的因子真是無處不在。

本篇還有一與眾不同之處，在作品中作者將自己寫了進去，並充當一個頗為關鍵的角色。李公佐這樣做，主要是為了證明謝小娥復仇一事的真實性，但在無意之中卻顯示出唐代傳奇小說的又一品格。當然，這裡的「作者入書」與唐代早期傳奇作品《遊仙窟》又有不同。《遊仙窟》是文人群體意識入書，是類型化的產物；而本篇則以文人個體入書，已具有典型性。雖然李公佐解釋賊名帶有封建迷信和文字遊戲意味，但一位正直、聰穎的下層官吏形象已躍然紙上，而且並不是現實生活中李公佐的機械複製。

篇中對謝小娥節烈的描寫，實已超出個人品質的範疇，而成為一種復仇情結的有機組成部分。對於這一點，將它作為封建糟粕來看待是可以的，但過分強調，則未免造成新的「迂執」。

本篇對後世的影響亦自不小。唐代李復言據此寫了另一篇傳奇作品《尼妙寂》（見《太平廣記》卷一二八）。《新唐書》的編者則根據本篇，將謝小娥的事蹟列入《列女傳》。明代凌濛初據此寫了擬話本小說《李公佐巧解夢中言，謝小娥智擒船上盜》。清人王夫之又據此寫了雜劇作品《龍舟會》。

（原載《巾幗垂髫　英雄列傳——唐代單篇豪俠傳奇作品選讀》，載《中華活頁文選》2003 年第 13 期，中華書局，2003 年 7 月出版）

柳宗元《童區寄傳》

本篇據《柳河東集》卷一七。柳宗元是我國歷史上著名的散文大家，而這篇《童區寄傳》同時也是一篇獨具特色的傳奇作品。

我們首先來看似乎與「童區寄」關係不大的「柳先生曰」一段。在這裡，柳宗元比較詳細地介紹了越人的惡俗：偷盜兒童，販賣人口，甚至父兄販賣子弟，甚至成年人之柔弱者也被當作童僕販賣。由此而導致的後果是「越中戶口滋耗」，普通百姓、尤其是那些「弱勢群體」中人更是陷入水深火熱之中。這段話的深刻意義，在這裡無須多言，許多分析本篇的文章都已講得很詳盡了。我們在這裡著重要提出的是，這段話與「童區寄」有什麼關係？我想，這裡有顯隱層次不同的三層關係。其一，最明顯者，這段話為童區寄的出場設置了一個背景。童區寄就生活在這麼一個混亂的時代、混亂的地區，他具有與眾不同的活動空間。其二，比較明顯者，將那些未能逃脫強盜魔爪的弱者作為童區寄的參照系，從而達到在對比中塑造人物的效果。其三，比較隱蔽者，那就是暗寫了童區寄深層性格的來源。試想，在那樣一個時時處處都可能發生綁架劫持事件的環境中，我們的小英雄該聽過多少他人（甚至包括成年人）被綁架的故事啊！在他幼小的心靈中，早已不知不覺地築起了抵禦強盜的「防火牆」。正因為有了這堵「防火牆」，他那種對付突如其來的變化的能力才成為有源之水。否則，我們試想一下，在太平的時代和地區長大的孩子，連劫持綁架是什麼都不知道，怎麼可能去對付它呢？因此，我們今天的少年兒童尤其更應該多讀一些「童區寄」、多學一些「童區寄」。

柳宗元在第一段的最後說：「惟童區寄以十一歲勝，斯亦奇矣。」那麼，區寄之「奇」究竟奇在什麼地方呢？答曰：一是勇，二是智，三是垂髫之齡居然有如此之勇和智。作者在作品中有三處寫區寄之勇，首先是見賊人醉臥，「因取刃殺之」。其次是「以縛即爐火燒絕之，雖瘡手勿憚，復取刃殺市者」。最後是殺賊之後向眾人宣稱：「我區氏兒也，不當為僮。賊二人得我，我幸皆殺之矣！願以聞於官。」三次寫其「勇」，一次比一次強烈。第一次取刀殺賊，已給小英雄定下勇敢無畏的基調。第二次又殺另一賊人，則是在雙手被火燒傷之後。不僅殺賊需要勇氣，雙手被火炙烤時也需要相當的勇氣，這簡直有點兒關雲長刮骨療毒的意味。而第三次更是向眾人宣稱自己殺了二賊，並公然提出主動見官，這實際上需要更大的勇氣。這種敢作敢當的氣概，其實是一種豪俠之氣，是對此後許許多多英雄小說和武俠小說中的江湖好漢產生巨大影響的豪俠之氣。至於作品中對區寄智慧的描寫，則是一目了然的。當他被賊人擄掠時，首先是「偽兒啼，恐栗為兒恒狀」，取得了「賊易之」的效果，最大限度地麻痹了敵人。隨後，「以縛背刃，力上下，得絕」，殺了醉酒之賊。當被另一賊再次擒住時，他又啖之以利，用合情合理的說辭誘敵上當，為自己爭得了時間和主動。最後，再一次燒斷繩索，手刃賊人。以上所言，勇敢也罷，智慧也罷，如果放在一個成年人身上，已經足以令人刮目相看了。然而這些行為卻由一個十一歲的垂髫童子來完成，那就更令人敬佩萬分了。然而，奇蹟終究發生了。在極端不利的情況下，童區寄取得了驚人的成功。他所戰勝的絕不僅僅是兩個賊人，而是孤獨、劣勢、弱小、恐懼、疼痛、飢餓等種種嚴峻的考驗。正因如此，這位少年英雄才能讓千百年來的讀者讀之汗顏、讀之振奮、讀之經久不息地顫抖著靈臺而作浮想聯翩的長久思考。

這篇作品對後世文學創作的影響是隱性的。它雖然沒有什麼據以改編的戲曲小說作品流行於世，但在許多文學作品的少年英雄身上總可以或多或少、或此或彼地看到童區寄的影子在晃動。《聊齋誌異》中的「賈兒」，就是一個典型例證。

（原載《巾幗垂髫　英雄列傳——唐代單篇豪俠傳奇作品選讀》，
載《中華活頁文選》2003 年第 13 期，中華書局，2003 年 7 月出版）

沈亞之《馮燕傳》

《馮燕》為沈亞之所作。沈亞之（781～832），字下賢，吳興（今屬浙江）人。元和間進士，累官至殿中丞御史內供奉。曾被貶為南康尉，終官郢州掾。沈亞之嘗遊於韓愈門下，名重當時，李賀對他極為推許，杜牧、李商隱均有擬沈下賢詩。有《沈下賢集》，其中《異夢錄》《湘中怨辭》《秦夢記》以及《馮燕》諸篇均堪稱傳奇之作。沈亞之在創作傳奇小說時，往往喜歡追求一種抒情詩般的境界，語言明麗而色調深沉，與他大多數散文作品慣常體現的艱深晦澀之風格不大一樣。

本篇據《太平廣記》卷一九五，又見《沈下賢文集》，題作《馮燕傳》。

這是一篇讓人讀了以後心裏十分難受的作品。一個男人勾搭上了一個有夫之婦，險些被其丈夫發現。而當那個女人出於誤解遞過刀子，希望「野」男人殺死「家」男人的時候，野男人卻殺死了這個女人。野男人畏罪潛逃之後，家男人吃了冤枉官司，即將綁縛刑場執行死刑。在這千鈞一髮之際，野男人挺身而出，自己認罪，救了家男人。最終，從官府到皇帝都認為野男人的做法是了不起的，因此，他被免於死罪。讀過故事以後，給人的感覺是，故事中所有的男人都是無辜的，有罪的只有死者——那萬惡不赦的淫婦。這樣的故事發生在古老的中國，因此有這樣的結局，如果發生在其他的什麼國家，或許結局會截然不同。

接下去，我們要探討兩個問題？那女人為什麼死有餘辜？那野男人的行為何以被認為合情合理？進而，我們還要探討另一個與之相關的問題，馮燕的行為能稱得上是「豪俠」嗎？

在那種把女人看作物品、美好的女人也不過是尤物的時代，女性的人身附著性決定了只能男人選擇她們，而她們不能選擇男人。張妻最大的錯誤就在於她居然敢於選擇男人，不僅與野男人私通，而且還希望擺脫家男人而與野男人過長久的生活。（雖然她給馮燕遞刀是出於一種誤解，但這種誤解是建立在急欲擺脫丈夫的潛意識之上的。一個對丈夫稍有依戀、哪怕是人道心態的女人，是絕不會產生這種誤解的。）這樣，按照封建時代的倫理道德，張妻就只有死路一條了，因為她所破壞的是男權時代的基本秩序、所違背的是男性中心社會的根本利益，當然，也有人性的墮落。在這個女人被封建的道德法庭宣判死有餘辜的同時，殺她的男人卻受到了表彰。馮燕之所以殺張妻，一方面是如上所述，張妻的行為是不合理的，因為她衝擊了大男子主義者的威嚴；另一方面，馮燕又推此及彼，在一瞬間或許想到，這女人現在可以因我而殺掉原來的丈夫，絲毫不顧及夫妻之情，如果和我生活在一起之後，再碰到比我更「可愛」的男人，下一個被殺的豈不是「我」？因此，馮燕要維護「理」與「情」，要為自己和他人除害，非殺掉此女子不可，這樣做，當然是既合情又合理了。一個男人，在合情合理的前提下，勇敢而又果決地殺死一個女人、特別是一個淫蕩寡恩的女人，那麼，這個男人在那個時代就是英雄，而他所採取的行為就是「豪俠」行動。這究竟是一種民族的驕傲還是一種民族的悲哀，每一個讀者自然會有自己的意見，我們這裡並不想強求一律。值得注目的是另一個與此相關的問題，馮燕精神在中國封建時代盛傳不衰、尤其是在封建的俠文學或俠文化中倍受青睞。汪辟疆《唐人小說．馮燕傳》附語云：「按馮燕事，在唐時盛傳。其見諸歌詠者，則有司空圖之《馮燕歌》，至宋曾布又演其事，為水調大曲。皆本沈下賢《傳》而衍為長篇者也。」可見這篇作品影響頗大。明清通俗小說中，更是常見馮燕精神的光閃。《水滸傳》中，幾乎所有的比較純粹的英雄人物身邊總有一個淫蕩的「壞女人」的身影在晃動，而這些英雄又幾乎全都與她們勢不兩立，直至手刃之而後快。而擬話本小說中的有些作品，則乾脆將馮燕與張妻的故事進行了換湯不換藥或添枝加葉的改寫。如《淫婦背夫遭誅，俠士蒙恩得宥》（《型世言》第五回）、《鐵念三激怒誅淫婦》（《歡喜冤家》第八回）就是其中的代表。這種狀況，究竟代表了中國古典文學的進步性還是劣根性，我不敢妄斷，只是就這篇作品提出這一問題，希望引起讀者諸君的注意。

至於故事的後半段，寫馮燕挺身而出，投案自首，使無辜者未被枉殺，這種行為，倒是無論在什麼時代都應當予以肯定的，是一種堂堂正正、光明磊落的豪俠舉動。

（原載《巾幗垂髫　英雄列傳——唐代單篇豪俠傳奇作品選讀》，
載《中華活頁文選》2003 年第 13 期，中華書局，2003 年 7 月出版）

李復言《續玄怪錄．尼妙寂》

《尼妙寂》出自《續玄怪錄》。《續玄怪錄》乃續牛僧儒《玄怪錄》的一部志怪傳奇小說集，《新唐書．藝文志》、《宋史．藝文志》均謂是書為五卷，王堯臣等《崇文總目》和《郡齋讀書志》則謂該書十卷。今存南宋臨安府尹家書籍鋪刻本，書名作《續幽怪錄》，是與《玄怪錄》改作《幽怪錄》一樣，乃避諱之所致。該帙所存者為 23 篇，又《太平廣記》所錄除去重複者尚有 13 篇，今人有輯本。《續玄怪錄》作者李復言，生平事蹟不詳，僅知其元和六年（811）任彭城宰，大和（827～835）間猶在世。或以為李復言即李諒（775～833），然與集中若干篇章在時間上發生衝突，故存疑。《續玄怪錄》多記大和年間逸聞佚事，該書情節生動，刻畫細膩，文詞瑰麗，多有名篇。

本篇據《太平廣記》卷一二八。這是一個被反覆演繹的故事。

先是李公佐有《謝小娥傳》記載這位豪氣十足的烈女的行為，而後有本篇的換角度敘述，再往後，甚至進入了正史。《新唐書．列女傳》載：「段居貞妻謝，字小娥，洪州豫章人。居貞本歷陽俠，少年重氣決，娶歲餘，與謝父同賈江湖上，並為盜所殺。小娥赴江流，傷腦折足，人救以免。轉側丐食，至上元。夢父及夫告所殺主名，離析其文，為十二言。持問內外姻，莫能曉。隴西李公佐隱占，得其意，曰：『殺若父者必申蘭，若夫必申春，試以是求之。』小娥泣謝。諸申，乃名盜亡命者也。小娥詭服為男子，與傭保雜。物色歲餘，得蘭於江州，春於獨樹浦。蘭與春，從兄弟也。小娥託傭蘭家，日以謹信自效，蘭浸倚之，雖包苴無不委小娥。見所盜段、謝服用故在，益知所夢不疑。出入二期，伺其便。它日，蘭盡集群偷釃酒，蘭與春醉臥廬。小娥閉戶，拔佩刀斬蘭首。因大呼捕賊，鄉人牆救，擒春，得贓千萬，其黨數十。小娥悉疏其人，上之官，皆抵死。乃始自言狀。刺史張錫嘉其烈，白觀察使，使不為請。還豫章，人爭聘之，不許。祝髮事浮屠道，垢衣糲飯終身。」

《新唐書》中的這篇傳記，實際上是對《謝小娥傳》的縮寫，但與《尼妙寂》相比，卻有很大的不同。其一，《謝小娥傳》的主人公名叫謝小娥，其夫名段居貞；而《尼妙寂》的主人公姓葉，法號妙寂，其夫名任華。其二，主人公的父親和丈夫被強盜殺害時，《謝小娥傳》寫她也在現場，只不過未被殺死，落水逃生，後得到父親和丈夫夢中訴說；而《尼妙寂》中則說主人公根本沒有隨丈夫外出，只是在家中得到父親和丈夫的夢中哭訴。其三，也是最重要者，《謝小娥傳》謂主人公親自殺死了申蘭，然後呼鄰人擒申春。而《尼妙寂》中則未寫主人公手刃仇人，只是趁二賊醉臥之機，奔告於州，一舉擒獲。其四，《謝小娥傳》的復仇過程由作者敘述，全篇均為第三人稱全知視角敘事；而《尼妙寂》則將復仇過程改由主人公自敘，並採取了第一人稱和第三人稱交相更迭的敘事方法，在敘事時間問題上也採用了倒敘、補敘等手法。

以上四個方面，第一點無關緊要：書中人物的姓氏，除了像申蘭申春那樣與「關目」相關而外，不過是一個符號而已。第二點各有優劣：《謝小娥傳》寫主人公身在殺人現場，可以增強真實感和恐怖感，但不大符合情理。父親與丈夫做買賣，一個女子跟在一起幹什麼？《尼妙寂》寫主人公在家中，且其母未卒，比較符合常情，但卻影響了故事的曲折生動。第三點，應該說《謝小娥傳》更令人振奮且更具可讀性一些，而謝小娥的形象也似乎更具「俠」氣。但我們也不能因此而認為《尼妙寂》中的主人公就沒有俠氣，其實，她所缺乏的只是後世世俗觀念中的俠氣。這裡，我們有必要首先弄清楚什麼叫「俠」。儘管《韓非子．五蠹》篇中有「俠以武犯禁」的話，但最早的「俠」卻與「武」沒有什麼關係。從文字學的角度看，最早的「俠」就是「夾」。甲骨文、金文中間沒有「俠」字，而金文中的「夾」就像是兩個小「人」拱衛、追隨一個大「人」。因此，「俠」（夾）的本意就是一種特殊的人與人之間的關係。從思想行為的角度看問題，「俠」可以追蹤到「墨俠」。墨子曾經將自己的子弟門人們組織成帶有民間宗教性質的政治團體。這個團體的所有成員必須對其首領「鉅子」絕對服從。全體成員必須具有吃苦耐勞的精神和視死如歸的氣概，團體內部有嚴密的紀律，如「殺人者死，傷人者刑」之類。這種思想行為就是後世「俠」文化的主要源頭。弄清「俠」的原始意義之後，我們可以看到，《尼妙寂》中的女主人公雖然沒有親手殺死仇人，但她卻具有非常充分的「俠」氣、尤其是原始意義上的「俠」的氣質和精神。正因為如此，我們才將尼妙寂「請」入豪俠系列之中。至於第四點，涉及兩種不同的敘事方法問題。《謝小娥傳》敘事明白曉暢、波瀾起伏；《尼妙寂》敘事撲朔迷離、曲折多變。二者可謂春花秋月，各盡其妙。不同的讀者自有各自的審美興趣，或喜春花之爛漫，或愛秋月之澄明，我們只能尊重各人的選擇，而無法強行規定其間之優劣。

（原載《恩怨分明，豪情劍氣——〈博異志〉〈續玄怪錄〉
〈集異記〉〈談賓錄〉中的豪俠傳奇》，《中華活頁文選》
2003 年第 21 期，中華書局，2003 年 11 月出版）

薛用弱《集異記・胡志忠》

《胡志忠》出自《集異記》。《集異記》又名《集異錄》《古異記》，唐代傳奇小說集。《新唐書・藝文志》、《郡齋讀書志》（袁本）均著錄為三卷，而《郡齋讀書志》（衢本）作二卷，《宋史・藝文志》、紀昀等《四庫全書總目》均作一卷。今所傳之《顧氏文房小說本》等叢書本多為二卷 16 篇。《太平廣記》引錄該書不見今存本且去其錯誤者 72 篇，今人有彙集本。《集異記》作者薛用弱，字中勝，唐代河東（今山西永濟縣）人，生卒年不詳。長慶（821～824）嘗任光州刺史，大和（827～835）初由儀曹郎出為弋陽守，為政嚴而不殘。《集異記》多記隋唐間譎詭之事，文詞雅飾，韻味雋永，對後世影響很大。汪辟疆稱其為「唐人小說中之魁壘也」。（《唐人小說》）

本篇據《太平廣記》卷四三八。

胡志忠是一位豪氣衝天的英雄人物，然而，他更是一位具有深刻內涵的悲劇人物。

談到悲劇人物，我們首先要弄清與之相關的幾個問題：什麼是悲劇？悲劇的特性如何？悲劇具有什麼樣的特殊效果？悲劇的衝突最集中地表現在哪裏？對這些問題，眾多思想家的說法是見仁見智的。亞里士多德認為悲劇性的特殊效果在於引起人們的憐憫和恐懼之情，惟有一個人遭遇不應遭遇的厄運，才能達到這種效果；黑格爾認為悲劇的特性根源於兩種對立理想和勢力的衝突；魯迅說，將人生的有價值的東西毀滅給人看是悲劇性的；恩格斯指出，歷史的必然要求和這個要求的實際上不可能實現是悲劇性的衝突；有時悲劇性也產生於由自身的缺陷和過失而引起的毀滅。但歸納起來，文學作品、尤其是中國古代文學作品中眾多的悲劇人物之所以成為悲劇人物的根本原因，最突出的有三點：一是時勢，二是命運，三是性格。

本篇中胡志忠的悲劇是典型的性格悲劇。

中國有句古話：勤儉富貴之本，剛強惹禍之源。這後面一半說的就是胡志忠這種人物，也可作為本篇主題思想的精練概括。胡志忠悲劇性格的核心就是兩個字——剛強，過分的剛強。而這種「剛強」又可細分為兩個方面：其一，對弱者不給予絲毫的同情；其二，在任何情況下都要顯示自己的能耐。你看，當胡志忠尚未上路之時，先得一夢，夢中有一弱者向他乞求一口飯吃：「某不食歲餘，聞公有會稽之役，必當止吾館矣，能減所食見沾乎？」這話說得夠可憐了，但，剛強的胡志忠即使在夢中也是夠「剛強」的，他的態度非常明確：「不諾」——堅決不答應。殊不知，所有的災難根源就在於此。後來，當那「犬首人質」的傢伙到館驛中來與胡志忠爭鬥時，一開始胡志忠是佔據了優勢的。於是，犬精再次發出帶威脅性的哀求：「請止，請止！若不止，未知誰死！」而胡志忠卻毫不理會，「運臂愈疾」，也就是說，他在加大力度繼續攻擊那種準備投降的敵人。所有這些，都充分說明這位處州小將對弱者始終沒有絲毫的同情心。再看，當胡志忠投奔山館而館吏說「此廳常有妖物，或能為祟」時，胡志忠剛強的另一面——目空一切又顯現出來，居然說出了「滿」得不能再滿的話：「吾正直可以御鬼怪，勇力可以排姦邪。何妖物之有？」這真是帶有幾分狂妄的驕傲。即便是後來他與二犬同歸於盡了，靈魂從房間裏走出來，他仍然是充滿自傲的：「未久，志忠冠帶儼然而出，復就盤命膳。」所有這些，又充分體現了這一人物自視甚高的「剛強」。一個盲目自信而又沒有絲毫同情心的「英雄」，十之八九是悲劇「英雄」，因為他既沒有認識自我又沒有認識他人，沒有擺正自己在人群中的位置。果然，胡志忠落得個身敗名裂、三魂六魄蕩悠悠的下場。

胡志忠那充滿悲劇意味的懺悔之歌是非常深刻的，至少對於世俗社會的人們具有相當深刻的教育意義。更令人深思的是，在封建社會的中國，胡志忠的這種思想和行為，這種悲劇情結，甚至在一定程度上還融入到我們的民族文化之中而被某些人所接受、讚賞乃至效法。如果認識到這一層面，本篇的思想價值就又提高了幾分。

本篇在寫作藝術方面也頗值得稱道。首先是敘事方式頗為新奇，全篇的前半部分採取全知視角的順敘法，後半部分則採取了限知視角，並運用了倒敘。其次是懸念的設置，一開始，胡志忠沒有答應怪物的請求，讀者已預料到他將遭受到對方的報復，但怎樣報復，卻不得而知之，只好耐心地讀下去。後來，當胡志忠與二妖物搏鬥進入東邊房間以後，不多久出來的卻是胡志忠一人，二妖物結局如何？沒有講。而胡志忠後來的表現又讓人感到撲朔迷離，尤其是他「封署其門」的行為和對館吏所交代的那番話，更充滿了神秘感。這實際上是作者再次設置了一個大大的懸念。直到篇末揭開謎底，讀者才恍然大悟，然而也就在恍然大悟之際，讀者得到了一分濃濃的審美享受。再次是場面描寫精練而又傳神，尤其是描寫胡志忠與二妖物搏鬥的場面，令人有身臨其境之感。

這麼一篇既具警世內容又具審美意味的作品，是值得我們一讀的。

（原載《恩怨分明，豪情劍氣——〈博異志〉〈續玄怪錄〉
〈集異記〉〈談賓錄〉中的豪俠傳奇》，《中華活頁文選》
2003 年第 21 期，中華書局，2003 年 11 月出版）

段成式《酉陽雜俎》兩篇

《酉陽雜俎》作者段成式（803？～863），字柯古，山東臨淄人。其父段文昌為元和末年宰相。段成式少年時代就十分好學，長成後，能詩善文，對佛學尤有研究。曾擔任過秘書省校書郎，後又任廬陵、縉雲、江州等地刺史，官至太常少卿。段成式是晚唐著名文人，在當時與李商隱、溫庭筠齊名。除《酉陽雜俎》外，他還創作過大量的詩詞散文作品，可惜大多散佚，幸存的三十多首詩詞，見《全唐詩》，文十一篇，見《全唐文》。另有《廬陵官下記》二卷，已佚，殘文若干則，收入《類說》、《說郛》二書中。

《酉陽雜俎》二十卷、續集十卷，全書計二十多萬字。書名「雜俎」，可知其內容駁雜。其中有傳說、神話、故事、傳奇、志怪、雜記，珍異雜陳、五彩繽紛。所述內容，既有自然科學，也有人文科學。舉凡天文、地理、生物、化學、礦藏、交通、習俗、外事等方面，無所不包，甚至秘聞趣事、志怪傳奇，也多有記敘。自其成書以至今日，早已引起學術界的廣泛重視。

《邱濡》

本篇見於《酉陽雜俎》前集卷十四「諾皋記上」，又見《太平廣記》卷三五七。

從嚴格的意義上講，本篇不能算豪俠類小說的典型作品，因為它夾雜有神異和人情描寫。然而，也正是因為它描寫了豪俠中的人情、神異中的豪俠，故而我們仍然可以視之為豪俠類中的特異之作。

野叉雖然是佛教故事中天龍八部中的神將之一，但在本篇中的這名野叉身上，卻分明體現了一種人間豪俠之情。去掉其身上的神異色彩，野叉恰是一位人間搶奪民女為妻的「強人」。他佔據險要之地，如篇中的高塔，將民間女子擄掠其間。這種人，在《水滸傳》以及某些俠義小說中多半是作為反面形象來進行諷刺和鞭撻的。然而，在本篇中，野叉形象卻讓人感到分外可愛，與一般的小說所產生的審美效果大相徑庭。何以如此？究其原因，最重要的有兩條。其一，野叉是非分明，善善惡惡，這一點，他自己說得很清楚：「世有吃牛肉者，予得而欺之。或遇忠直孝養，釋道守戒律、法籙者，吾誤犯之，當為天戮。」其二，他雖然身為怪物，卻具有「人」的感情，甚至可以說比某些庸俗的人更具有「人性」特徵。他深深地愛著那搶來的女子，將自己變化為美貌郎君，並天天給她弄來可口的食物。他生怕自己的「妻子」被自己的行為和本來面目嚇壞，反反覆覆地進行解釋和安慰。一而曰「勿生疑懼」，二而曰「終不害汝」，三而曰「不久當爾歸也」。最後，終於兌現諾言，在雷雨交加、風馳電掣的令人傷感的時刻，將女子送回家去。更有意味的是，他還送給女子一塊青石，用以解除自己多日來對她的「毒害」，真可謂關懷備至、無以復加。如此具有俠骨柔情之野叉，勝過人間薄情寡義的男子何止千百萬倍！以上兩點，是這名野叉的可愛之處，同時，也是這篇作品理性的光輝和人性的光彩之所在。進而言之，野叉的鮮明愛憎和俠骨柔情，野叉的這種野蠻的外表與文明的內質的對立統一，正是後世俠義小說、乃至近代武俠小說中的許多重要人物形象得以成功塑造的楷模、源頭與根據。正是從這一角度出發，我們才認為這篇貌似豪俠小說外圍作品的《邱濡》，實乃真正具備豪俠小說之內在精神。

本篇寫作方面最大的特色乃是對比，並非人物與人物之間對比，而是野叉形象自身的對比，是其外貌之醜惡與內在之美好的對比。

《李和子》

本篇據《酉陽雜俎》續集卷一「支諾皋上」，又見《太平廣記》卷三百四十三。

從某種意義上講，本篇與《邱濡》篇均應屬於神異小說。然而，更有意味的是，這兩篇作品又都與豪俠題材脫不了干係，或者說，從另一個角度看問題，這兩篇小說又都是豪俠題材的作品。

作者在這篇作品中，雖然想通過世人攘食貓犬而終遭報應的故事來反映善惡到頭終有報的思想，但在客觀上卻給我們留下了一個豪俠小說中的反面形象——李和子。這一反面形象的主要特徵有三點：殘忍、霸道、卑鄙。作者在作品中為讀者勾畫了一個充分體現出這些劣質的市井無賴的形象。「惡少李和子」，「和子性忍，常攘狗及貓食之，為坊市之患」，「臂鷂立於衢」，「和子即遽祇揖」，「和子驚懼，乃棄鷂子拜祈之」，「乃延於旗亭杜家，揖讓獨言，人以為狂也」，「和子遽歸，貨衣具鑿楮，如期備酹焚之」。欺善怕惡、卑鄙無恥，這種市井中的「公害」型人物，在後世的俠義小說和武俠小說中都是屢見不鮮的，即使有一點工夫，也會被人們稱之為「武林敗類」。段成式在《李和子》篇中本無意表現「豪俠」題材，卻在不知不覺中為後人留下了一個豪俠作品中的反面形象。李和子儘管有上述那許多惡劣之處，但畢竟多多少少帶有一點粗豪之氣，所以，他不是一個軟弱的孬種，而是那種強硬的壞蛋。再把眼光放開一點，似乎中國古代小說中就有不少江湖好漢、綠林豪傑是從這種市井無賴發展而來的。更有甚者，就是在某些令人景仰的英雄人物身上，似乎也或多或少地帶有一些諸如李和子般的殘忍、霸道乃至卑鄙的時代的、階級的劣根性。說到這裡，我想，《李和子》篇與豪俠題材的作品之間的關係也就大體清楚了吧。應該說，這是一篇混雜著神異、豪俠甚至市井內容的作品。

（原載《尺水興波，傳奇寫照——〈酉陽雜俎〉中的豪俠傳奇》，載《中華活頁文選》2002年第3期，中華書局，2002年2月出版）

杜牧《竇烈女》

本篇據《太平廣記》卷二七〇，又見《樊川集》。杜牧詩文兼工，其散文繼承韓愈筆法，針砭時事，風格健朗曉暢。《竇烈女》一篇，先敘後議，樸素感人，是一篇很不錯的傳奇作品。

這本是一篇歌頌節烈婦女的作品，為什麼也能算作豪俠傳奇之作呢？那是因為，在本篇的主人公竇烈女身上，具備了相當程度的豪俠之氣。竇烈女堪稱一位大智大勇的巾幗英雄，她沉著冷靜、目光遠大、見機行事、膽大心細，不是一般女性所能比擬的。當李希烈的手下將她強行搶走時，她沒有絲毫的緊張、恐懼和悲哀，而是對父親說：「慎無戚戚，必能滅賊，使大人取富貴於天子。」進入李希烈家門以後，她又運用自己年輕貌美的優長，「巧曲取信」，以至於達到了「凡希烈之密，雖妻子不知者，悉皆得聞」的地步。隨後，又以姓氏相同、姊妹敘齒為由，與李希烈部下最有實力的將軍陳仙奇的妻子拉上了關係，進而達到能在一定程度上左右陳仙奇的地步。最終，在李希烈暴死，其子秘不發喪而企圖全部殺掉老將校的時候，竇烈女通過含桃傳信，利用陳仙奇等人殺了李希烈全家。這樣做可謂一舉兩得，既報了家仇，又為國除害。在整個事件發生、發展直至取得結果的過程中，竇烈女的行為完全不像一個深閨女子，而更像一個鬚眉丈夫。這樣的女性，難道說不能算作豪俠嗎？

如果作進一層的分析，竇烈女的思想境界按封建時代的觀念來要求，可以算作是最高層次了。為了君父的利益而犧牲自己的利益，是封建時代最高的人生信條。竇烈女為了報家仇、除國賊，犧牲了自己的青春、年華、幸福直至生命，這在封建的中國是值得千千萬萬的人去學習和效法的。因此，作者要表彰她，要為她寫下了這篇流傳千古的佳作。也正因此，作者在敘述了竇烈女的故事之後，有一段由衷的讚歎：「請試論之：希烈負桂娘者，但劫之耳，希烈僭而桂娘妃，復寵信之，於女子心，始終希烈可也。此誠知所去所就，逆順輕重之理明也。能得希烈，權也，姊先（仙）奇妻，智也；終能滅賊，不顧其私，烈也。六尺男子，有祿位者，當希烈叛，與之上下者眾矣，豈才力不足邪？蓋義理苟至，雖一女子可以有成。」竇烈女的形象也因此影響到此後小說創作中的兩種女性形象的類型：一是如《三國演義》中貂蟬那樣的為軍國大事而獻身的烈女子，另一類是如《石點頭》卷十二和《二刻醒世恒言》第十一回中的申屠氏那樣的為報家仇而犧牲的烈女子。

本篇在寫法上最大的特點便是質樸無華，無論是寫竇烈女的大智大勇，還是寫竇烈女的靈活機動，乃至寫這位奇女子的自我犧牲精神，作者都是淡淡寫來，並沒有運用誇張、渲染等手法。然而，就是在這質樸無華的描寫中，竇桂娘的形象卻躍然紙上，並給人留下了深刻的印象。這其實是一種十分高級的表現方式，以少少許勝多多許，以樸素勝奢華。這種方式，對於在寫作方面具有一定水平的作家而言更有借鑒意義。

（原載《巾幗垂髫　英雄列傳——唐代單篇豪俠傳奇作品選讀》，載《中華活頁文選》2003 年第 13 期，中華書局，2003 年 7 月出版）

胡璩《談賓錄》兩篇

《談賓錄》是一部以記載軼事為主的小說集，《新唐書・藝文志》著錄該書十卷，《宋史・藝文志》則作五卷。原書已佚，《太平廣記》錄存其文 121 條。該書所記多為唐代朝廷內外各種人物的軼事，不少內容可補史料之不足，故而有些內容如李林甫、楊國忠、李義府、侯恩止等人的事蹟被史家納入兩《唐書》。該書篇幅雖長短參差，但其中某些作品，記人形象生動，敘事委婉曲折，且首尾完備，故事完整，故可視之為傳奇小說。作者胡璩，字子溫，生平事蹟不詳，生活在唐文宗、唐武宗時代（827～846）。

《白孝德》

本篇據《太平廣記》卷一九二。

就「豪俠」這一主題而言，本篇的主人公主要體現的是「豪」而不是「俠」。白孝德可謂豪氣衝天、豪氣逼人，而他的英雄豪氣主要在兩個階段得到表現。

其一，戰前準備階段。當史思明手下的驍將李龍仙「捷勇自恃，舉足加馬鬣上，嫚罵光弼」時，敵方是氣焰是十分囂張的。這時，李光弼經過選擇，決定讓偏將白孝德出馬。但李光弼對白孝德是否能取勝，並不具備十足的信心，因此，他將白孝德叫到跟前問：「可乎？」白孝德的回答是簡捷而堅定的，這表明他對自己充滿信心。從某種意義上講，信心就是豪氣的基礎和底蘊，一個對自己都缺乏信心的人，哪裏還去找什麼豪氣？隨即，李光弼又問白孝德需要多少兵力的支持，這表明作為統帥的李光弼對白孝德仍然不太瞭解，同時也缺乏完全的信任。白孝德的回答令書中的人物大吃一驚，也讓讀者出乎意料。他居然連一個同伴都不要，而僅僅只要一些人給他助助威勢而已。這是什麼？這是一種孤膽英雄的氣概。可見白孝德不僅是一位豪氣十足的英雄，而且還是一位孤膽英雄。然而，對這段對話的解讀如果僅僅停留在作者只是為了體現白孝德孤膽英雄的氣概這一平面上是不夠的。因為白孝德的不帶兵卒除了表明他的豪氣之外，還表明了他的粗中有細。他不僅僅是要憑著個人實力去與李龍仙抗衡，而且還要利用「出其不意、攻其不備」的方式去偷襲李龍仙。這樣，帶去的士兵越多就越不利於這一計劃的實施。由此可見，白孝德雖然具有足夠的「豪」氣，卻是豪而不粗的。果然，白孝德的氣概和對答取得了李光弼的信任，於是，這位統帥對手下的這一名偏將「撫其背以遣之」。白孝德在戰勝李龍仙之前，首先戰勝了自己的長官和同僚，或者說，他首先戰勝了自我。同時，也可以看到，對於一位即將承擔生死搏鬥的將軍而言，戰前準備階段信心的奠定和計劃的構成是多麼重要。

其二，戰鬥過程。白孝德與李龍仙的戰鬥過程，基本上是按照白孝德的預想進行的。首先是李龍仙對白孝德的極端藐視——無名鼠輩且又單身一人居然敢來撞陣？因此，這位自以為橫行一世的驍將作出了戰場上最為傲慢的行為——「足不降鬣」。等到稍稍靠近一點以後，李龍仙「欲動」，準備迎戰了，而白孝德則對他進行了進一步的誤導——又是「搖手止之，若使其不動」，又是欺騙他說：「侍中使予致詞，非他也。」而趁敵人完全沒有準備之際，白孝德發起了猛然的攻擊：「發聲虓然，執矛前突」。終於使李龍仙措手不及，「矢不及發，環走堤上。」而白孝德也終於取得了勝利：「斬首提之歸」。這段描寫雖然篇幅不大，卻充分體現了豪氣十足的白孝德的智勇兼備。

回頭再看全篇作品，在寫法上是很有特色的。首先，生動的人物塑造。全篇不過 500 多字，卻寫出了眾多的人物。除了智勇兼備的白孝德之外，如李光弼的統帥風度，僕固懷恩的慧眼識人，尤其是李龍仙的驕橫不可一世，都躍然紙上、栩栩如生。其次，精彩的對話描寫。篇中各種人物的對話幾乎佔了全文一半的篇幅。有號召語，有詢問語，有對答語，有讚美語，有分析語，有欺騙語，有嫚罵語，有憤怒語，種種色色，美不勝收。最後，敘述語言的精練妥帖。全篇基本沒有冗長的句子，大多為簡短的句式。例如：「龍仙始見其獨來，甚易之，足不降鬣。稍近，欲動。孝德搖手止之，若使其不動。龍仙不之測，又止龍仙。」再如：「發聲虓然，執矛前突。城上鼓譟，五十騎亦繼進。龍仙矢不及發，環走堤上。孝德逐之，斬首提之歸。」遣詞造句都非常準確生動，如果朗讀這樣一些片段，必定琅琅上口，令人有大珠小珠落玉盤的感覺。

《馬勳》

本篇亦據《太平廣記》卷一九二。

中唐，經歷了天崩地坼的安史之亂之後，天寶年間許多隱藏的社會危機已暴露無遺。其中，軍隊首領的異心、叛亂愈演愈烈，終至釀成曠日持久甚至可以說導致大唐帝國滅亡的藩鎮割據。本篇所反映的就是在這樣一種社會現實導致下的一場驚心動魄的鬥爭，本篇的主人公馬勳就是一位維護中央政權的利益而堅決與叛逆分子作鬥爭的英雄人物。

之所以說馬勳是一位英雄豪傑，主要是基於以下幾點。首先，其行為的正義性。從國家和人民的利益出發，在中唐那種歷史背景下，維護統一反對分裂、維護和平反對戰亂應該說是正義的表現。這種正義性，使馬勳的行為具有了頗為深厚的社會基礎和文化積澱意味。其次，其行為的合理性。馬勳並非不分青紅皂白，直接跑到張用誠的軍營中將其擒獲或殺死，而是先從張的頂頭上司嚴振那裡請來兵符，只是在張用誠不肯奉召而準備逃跑時才動手消滅他。這就使得馬勳的行為合情合理，不至於濫殺無辜。其三，其行為的計劃性。在京城尚未出發時，馬勳就進行了周密的謀劃，甚至連行動的時間都作了周密的安排。並且，他對張用誠採取的是突然襲擊的方式，使對方倉促間難以應對。其四，其行為的靈活性。當馬勳面對張用誠戒備森嚴的幾百名騎兵時，他身邊只有五十騎，雙方的力量懸殊。在這種情況下，馬勳並沒有盲目地蠻幹，而是根據具體情況決定自己的作戰方針。他首先採取麻痹敵人的做法，鬆懈張用誠的警惕。繼而利用天寒，使對方士兵爭相烤火。最終亮出底牌——兵符，用強制的手段迫使張用誠就範。整個過程都體現了馬勳過人的機智和隨機應變的能力以及控制局面的風度。其五，其行為的鼓動性。如果馬勳僅僅是擒拿了一個張用誠，而逼反了張手下眾多的軍士，那麼，他這次行動也不能算取得成功。馬勳不僅懂得「擒賊先擒王」的道理，而且還懂得「攻城為下，攻心為上」的道理。你看他對著被甲執兵的張用誠部下所說的一番話，可謂有理有利，曉之以利害，動之以感情，既有政策的交代，又有隱含的威脅，終於憑著三寸舌解除了千萬人的武裝。這才算得上真正的大手段、大智慧。有以上五點，馬勳作為一個出類拔萃的英雄人物應該說是當之無愧的。

本篇也非常短小，但同樣非常精緻。全篇幾乎沒有多餘的文字，每句、每詞、每字都被派到應該去的地方，遣詞造句十分精練、準確、生動。此其藝術成就之一也。本篇的場面描寫非常精彩，尤其是馬勳率五十人從數百騎中擒得叛軍首領張用誠的描寫，更是紙上生輝，令人讀後精神為之一震。數百年後的辛棄疾亦曾率五十騎於千軍萬馬中擒得叛賊之首，大概就是這種精神的延續和發展吧。此其藝術感染力之二也。故事跌宕起伏，情節變化莫測，讓讀者始終處於緊張狀態之中，此其藝術魅力之三也。

一篇作品，能塑造出性格如此豐滿之人物，並且具有如此多層的審美效果，即便篇幅再短些，也是經久耐讀的。

（原載《恩怨分明，豪情劍氣——〈博異志〉〈續玄怪錄〉〈集異記〉〈談賓錄〉中的豪俠傳奇》，《中華活頁文選》2003 年第 21 期，中華書局，2003 年 11 月出版）

杜光庭《虬髯客》

杜光庭（850～933），字賓至（一作賓聖或聖賓），京兆杜陵（今陝西西安市東南）人，久居處州縉雲（今屬浙江）。唐咸通中，設萬言科取士，光庭應舉不中，遂入天台山學道。僖宗至蜀，召見，仕為內供奉，賜紫衣。王建據蜀，光庭事之，為金紫光祿大夫，左諫議大夫，封蔡國公，進號「廣成先生」。後主王衍立，以之為傳真天師，崇真館大學士。後辭官隱青城山，自號東瀛子。杜光庭是唐末五代時的著名道士，著述甚豐，其中《墉城集仙錄》《王氏神仙傳》《仙傳拾遺》《神仙感遇傳》四種為杜氏採集神仙傳說故事編撰而成，也有不少篇章是他自己的創作。故《四庫全書總目提要》云：「治城客論曰，廣成先生杜光庭撰《仙傳》、《錄異》等書，率多自作。故人有無稽之言，謂之『杜撰』。」

本篇文字版本眾多，見《太平廣記》卷一九三，又見《豔異編》卷二十三。另外，尚有《顧氏文房小說》本，魯迅《唐宋傳奇集》本，汪辟疆《唐人小說》本等等。各本文字略有不同。又，《道藏》收杜光庭《神仙感遇傳》，中有《虬鬚客》一則，文字樸陋，敘述簡略，或為杜氏原作，而今本乃後人潤飾而成。

這是一篇傳奇名作，流傳久遠、影響巨大。同時，這也是一篇美文，在藝術表現方面堪稱唐人傳奇的代表作。這裡，對於本文的寫作訣竅，擇其要者而言之。

本篇最擅長的是層層襯托法。全篇的敘述起點是權高望重的楊素，然李靖以一布衣卻敢於面質之，迫使楊素斂容而起，這就是以楊素襯托李靖。隨即，又寫紅拂慧眼識英雄，私奔李靖，李靖尚然擔心楊司空權重京師，紅拂則箴稱楊素為尸居餘氣，此又用李靖襯托紅拂。更有甚者，虬髯客於客旅窺紅拂梳頭，與李靖、紅拂食羊肉，又食仇人心肝。這段描寫，是雙重襯托。李靖見虬髯客窺視紅拂，怒甚，而紅拂則「一手握髮，一手映身搖示公，令勿怒。」是又一次以李靖襯托紅拂。同時，又以李靖、紅拂二人之舉動、心理，襯托虬髯客的豪俠之氣。當然，更深層次的則是以僅僅想當開國元勳的李靖夫婦襯托有志圖王的虬髯。最終，三人共入太原，初見李世民時，虬髯客默然居末座，見之心死。第二次，更出一道人見證之，是以眾人襯托真命天子李世民。如此，則李世民為最高一層。通過層層鋪墊、層層襯托，寫出了李靖、紅拂、虬髯客這「風塵三俠」，更寫出了真命天子李世民的風采。尤妙在對李世民的描寫，純用客觀筆墨，通篇未讓李世民開口說話，更給人一種神龍不見首尾和高不可攀的神秘感。

篇末虬髯贈金一段，亦寫得豪氣四溢。至其海外興霸，又託以人言，用虛寫，益妙。本篇的人物對話也很精彩。如在客舍之中，虬髯客與紅拂的對話、與李靖的對話均十分簡潔有力。三人語言既具豪俠共性，又各具自身之特色。本篇中，人物神態的描寫亦多妙筆。如寫李靖與楊素對話時，紅拂「獨目公」。如寫虬髯進客棧，「投革囊於爐前，取枕欹臥，看張梳頭。」如寫李靖見人窺其妻室的憤怒，如寫紅拂周旋於李靖、虬髯之間的從容，如寫虬髯吃人心肝時的冷靜等等，均乃如此。尤其是寫李世民兩次上場，或「神氣揚揚，貌與常異」，或「神氣清朗，滿坐風生，顧盼煒如」。均乃傳神寫照之妙筆。

本篇對後世的影響甚大，尤其對明末的戲曲創作更著影響。凌濛初有雜劇《北紅拂》和《虬髯翁》，張鳳翼、張太和均有傳奇戲《紅拂記》，馮夢龍則有傳奇戲《女丈夫》。以上劇本俱留存至今。至於紅拂、李靖、虬髯客的故事作為典故，為人所引用的例子，則更是汗牛充棟，不勝枚舉。

（原載《大學語文新教程》，高等教育出版社，2012年2月出版）

理智·感情·性慾
——唐人傳奇與宋元話本若干女性形象談片

在唐人傳奇和宋元話本小說中，有大量描寫男歡女愛的名篇佳作。如唐人傳奇中的《任氏傳》、《柳毅傳》、《霍小玉傳》、《李娃傳》、《鶯鶯傳》、《飛煙傳》以及宋元話本中的《風月瑞仙亭》、《刎頸鴛鴦會》、《崔待詔生死冤家》、《小夫人金錢贈年少》、《鬧樊樓多情周勝仙》等等，都是這方面的代表作。然而，上述作品中的女主人公在對待兩性關係的態度上，卻有著十分明顯的差別。這種差別主要表現為三大層次——理智、感情、性慾。本文所要探討的，就是這些差別的具體表現及其原因。

一

上述唐人傳奇中的女性形象主要是在感情和理智之間徘徊，她們很少有將性慾置於感情或理智之上的。進而言之，如果按照從感情至上到理智主導的順序排列這些女性，則是這樣一種序列：《飛煙傳》之步飛煙——《霍小玉傳》之霍小玉——《鶯鶯傳》之崔鶯鶯——《任氏傳》之任氏——《柳毅傳》之龍女——《李娃傳》之李娃。

步飛煙之愛上趙象，是出於三方面的原因。其一，趙生之有才有貌。正如飛煙所言：「我亦曾窺見趙郎，大好才貌。」其二，丈夫武公業之粗鄙。「蓋鄙武生粗悍，非良匹耳。」其三，趙生的執著追求。「於南垣隙中窺見飛煙，神氣俱喪，廢食忘寐。」後又題詩達意，表示愛慕之情。而飛煙對趙象追求的心靈反饋，又可分為三個階段。一開始是「但含笑凝睇而不答」，繼而「吁嗟良久」並讚揚趙郎才貌，最終以詩柬酬答。經過兩人反反覆覆的傳書遞簡和門媼的穿針引線之後，他們終於勇敢地偷偷生活在一起。在這一「偷情進行曲」中，感情至上始終是步飛煙所鳴奏的主旋律。除了一開始的「含笑凝睇而不答」帶有稍縱即逝的少許理智約束以外，步飛煙幾乎越來越放縱感情潮水的奔流。直到他們的偷情被丈夫武公業發現以後，步飛煙「色動聲顫，而不以實告」。當她被綁在柱子上「鞭楚血流」時，從她的內心深處只發出冷靜而熱烈的呼喊：「生得相親，死亦何恨！」最終，這位在情感面前失去理智的女子在喝過一杯純情般的清水之後，竟至帶著那樣一種幸福而又痛苦的心情離開了那缺乏真情的世界。步飛煙為情而生，為情而死，那麼決絕、那麼執著，她應該算得上唐人傳奇小說中首屈一指的情愛精靈，一個為了感情幾乎將理智喪失殆盡的情愛精靈。

與步飛煙相比，霍小玉則是一個愛之至深、恨之至切的復仇女神，因為她碰到了一個負心的男兒。一開始，霍小玉對李十郎可謂一往情深，初次見面居然當面讚揚十郎容貌：「見面不如聞名，才子豈能無貌？」在她的心目中，早已傾倒於李十郎之才，熟讀李十郎詩篇，如今見其人，更是為對方的才調風神所感動。在霍小玉的情感世界裏，從此只容得下一個李家兒郎而不及其他。「如此二歲，日夜相從」。然而，霍小玉並沒有完全沉湎於情感世界之中，她還有著對自己與情郎懸殊社會地位的一種擔心。她甚至在極端歡娛的時刻將這種憂慮說出了口：「妾本倡家，自知非匹。今以色愛，託其仁賢。但慮一旦色衰，恩移情替，使女蘿無託，秋扇見捐。極歡之際，不覺悲至。」李十郎的一陣海誓山盟，終於使這位在情感爆發的同時稍有理智的女子暫時放棄了內心的擔憂。然而，悲劇的發生是不以主人公的意志為轉移的，那海誓山盟的李十郎終於拋棄了霍小玉。儘管這是一種迫於家世利益、母親嚴命的不得已的拋棄，但那是李十郎的問題；從霍小玉的角度來說，只有一種感受——被拋棄。其實，霍小玉並沒有像現代女性那樣讓李十郎「一輩子只愛我一個」的奢望，她只是非常理智地希望李十郎能愛她八年。到情郎另娶高門時，她就「捨棄人事，剪髮披緇」去當尼姑。但李十郎不能做到，李十郎沒有做到。霍小玉憤怒了，一個柔弱多情的妓女憤怒了。這種憤怒，是又一種情感的大爆發，是愛之深而恨之切的複雜情感的大爆發。當黃衫客將李十郎裹挾到霍小玉面前的時候，霍小玉對心上的愛人兼仇人發表了愛情的終結陳詞和復仇的誓言公告：「我為女子，薄命如斯！君是丈夫，負心若此！……李君李君，今當永訣！我死之後，必為厲鬼，使君妻妾，終日不安！」霍小玉用生命的餘熱鑄成的情場訣別辭，究竟是發自感情還是源自理智？今天誰也說不清楚。或許有人會認為霍小玉此時只有對李十郎的恨，出自理智的冷靜的恨。其實不然，霍小玉是恨李十郎，但這卻是一種熱烈的恨，是一種混合著情感和理智甚或以情感為主的恨。她所恨者，並非整個的李十郎，而是李十郎辜負她的那一個側面。有兩個事實可以證明這一點：其一，當李十郎為霍小玉之死而「縞素」「哭泣」的時候，作為鬼魂的霍小玉卻打扮得楚楚動人地向李十郎表達了最後的愛情：「愧君相送，尚有餘情。幽冥之中，能不感歎。」其二，霍小玉所報復的只是李十郎的妻妾，而不是李十郎本身，她沒有像此前此後許許多多的復仇女子那樣一定要勾去負心漢的「狗命」。儘管她的報復最終也導致了李十郎的難堪和痛苦，但畢竟較之「七竅流血」或「雷打火燒」的索命行為要寬鬆幾許。這是否也能從另一個角度說明霍小玉在李十郎對她尚有「餘情」的同時，也對這位情人兼仇人的郎君留有少許「餘愛」？總之，一個完完全全的癡情女去痛恨那不能完全癡情於自己的負心漢，這是霍小玉對李十郎期望值過高的結果，這也正是霍小玉的真正的癡情之處。從這個意義上講，霍小玉終究是一個情感大於理智的女人。

如果說，霍小玉碰到的李郎可以被看作是一個迫不得已的「被動」的負心漢的話，那麼，崔鶯鶯所碰到的張生則是一個有理論武器的「主動」負心漢。張生稱鶯鶯為「尤物」，說她「不妖其身，必妖於人」。而張生的朋友們也將張生對鶯鶯始亂終棄的行為稱之為「善補過」。對這些，在那愛情悲劇剛剛開始的時候，女主人公鶯鶯是不可能預知的，她只能夠按照自己固有的心理來對待身邊的一切。當張生恃恩向鶯鶯表情達意時，鶯鶯的表現是非常沉著、非常理智的：「張生稍以詞導之，不對，終席而罷。」而後，張生在紅娘的「啟發」下，以情詞誘鶯鶯，鶯鶯卻也回以極富誘惑性的情詞：「待月西廂下，迎風戶半開。拂牆花影動，疑是玉人來。」這當然應該看作是鶯鶯情感波瀾的蕩漾，因為她畢竟是豆蔻年華的少女，而張生又「性溫茂，美風容」，更兼他有恩於崔家母女。然而，當張生跳牆赴約時，鶯鶯卻對大膽的情郎進行了義正詞嚴的指責和批判。鶯鶯的此番表演，應該看作是她情感與理智衝突的外化。她愛張生，卻又不得不戴上冷冰冰的道德面具。然而，這冷冰冰的面具終究擋不住心頭奔流的愛的熱潮。當張生已經絕望時，鶯鶯卻主動來到他身邊，向那恩愛冤家奉獻了自己。令人不解的是，鶯鶯與張生幽會時以及此後的某些行為並沒有按照人們所習慣的才子佳人的戀愛模式發展，而是有很多特異之處：首次與情郎相會，居然「終夕無一言」；僅僅幽會一次後，居然「十餘日杳不復知」；張生問鶯鶯對愛情之感受，回答竟是「我不可奈何矣」；明明「甚工刀劄，善屬文」，而戀人「求索再三，終不可見」；明明精通音律「獨夜操琴，愁弄淒惻」，情郎可以偷聽，然「求之，則終不復鼓」；……似乎她對張生的感情永遠在若有若無之間。其實，這正是鶯鶯在進入愛情的魔幻空間以後並沒有完全著魔而保持著清醒的理智的一種表現。她這種在感情和理智的折磨中萬分痛苦的心境，在與「愁歎」不已的張生訣別時終於以特有的方式緩緩道來：「始亂之，終棄之，固其宜矣。愚不敢恨。必也君亂之，君終之，君之惠也。則沒身之誓，其有終矣，又何必深感於此行？」鶯鶯早就料到了這一天，早就料到了這「始亂終棄」的結局。這便是鶯鶯的過人之處、特異之處。然而，特異的鶯鶯最終仍然沒有擺脫感情與理智的雙重折磨，在十分清楚自己的悲劇結局的同時，繼續演繹著這愛情的悲劇。當別離後的張生對她魚雁相投時，她仍然給張生寄書、寄物、寄情。當張生另有所娶、自身也別許他人以後，鶯鶯雖沒有與登門拜訪的舊情人見面，但卻寫下了兩首悲痛纏綿的辭章。在情感與理智的衝突中，清醒明白的鶯鶯到底沒能擺脫情愛的魔障，仍然掙扎於無邊的情網之中。

唐人傳奇中另一個在情感與理智的漩渦中掙扎的悲劇女性是任氏。作者在開篇處就點明：「任氏，女妖也。」但他又在作品的結末處有一段發人深省的議論，對任氏進行了高度的讚揚和由衷的肯定：「嗟乎！異物之情也有人道焉！遇暴不失節，徇人以至死，雖今婦人，有不如者矣。」這實際上正是一種對女主人公感情與理智的雙重評判。通觀全篇，任氏的表現的確經得起這種讚揚和肯定。任氏與鄭生的相會應該說是十分「開放」的，始於一見鍾情，繼而眉目送情，繼而口舌調情，繼而通名定情，最終一夜娛情。其間，當然是感情在起主導作用。然而，這一位在狐妖名義掩蓋下而頗具市井婦女性格的任氏之理智不久就從情感的覆蓋下重新鑽出。當鄭生明確了任氏的狐女身份且再次邂逅時，任氏悲哀地表示出「異類」的自卑：「背立，以扇障其後。」幸而鄭生並未嫌棄這狐妖，二人終結連理。任氏是那麼真摯地愛著鄭生，這是一種情感和理智相混合的愛。正因如此，當這種「愛」受到外力的侵擾時，任氏的反抗也是情感與理智的融合。面對富家公子韋崟的暴力凌辱，任氏是反覆抗拒，當力不從心時，她乾脆停止了行動上的反抗，而在一聲長長的歎息之後對韋崟進行了義正詞嚴的理喻。無論從哪方面而言，鄭六都遠遠不及韋崟，而任氏偏偏就愛鄭六，其奈她何？這是一種深沉的愛，一種在旁人看來無法理解的愛，一種混雜著感情與理智的愛。這種愛，在這裡形成了弱者對付強者的巨大力量。這一股不可抗拒的力量，終於感動和折服了那驕橫的韋氏富家兒郎，從而將幸福交還給鄭家窮小子。任氏的勝利，是弱者的勝利，是一個弱者在熾熱的情感和冷靜的理智雙重作用下的偉大勝利。然而，任氏後來到底離開了她曾經熱愛過的情人。但那是一種多麼偉大的離開啊！為了滿足情人「專其夕」的要求，為了滿足情人「將之官，邀與任氏俱去」的要求，總之是為了滿足情人的一種情感要求，任氏「不得已，遂行」。為什麼不得已？因為「有巫者言某是歲不利西行」。最終，巫者的預言兌現了，美麗的狐妖任氏葬身犬腹。那是一幅多麼淒慘的圖景啊：「回睹其馬，齧草於路隅，衣服悉委於鞍上，履襪猶懸於鐙間，若蟬蛻然。唯首飾墜地，餘無所見。」毫無疑問，任氏是為情而死的。她那與生俱來的情愫，終於使她沖越了理智的樊籬，向著以命徇情的悲劇道路上邁進。

我們再來看《柳毅傳》。就該篇龍女對柳毅的愛情而言，理智的成分明顯多於情感的成分。當她請柳毅幫她傳遞家書時，並沒有什麼感情因素起作用。即便是柳毅半開玩笑半認真地說「他日歸洞庭，幸勿相避」時，她回答「寧止不避，當如親戚耳」的話，也不能當作愛情話語來解讀。因為龍女此時對柳毅惟感恩而已，況且，「親戚」又是一個比「夫妻」大得多的概念。後來，當錢塘君幫侄女提親遭到柳毅拒絕時，書中沒有寫龍女的態度，不知是悲傷還是遺憾，總之肯定是不高興的。直到柳毅離別龍宮時，龍女也只是奉母親之命「當席拜毅以致謝」，仍然是一種非常理智的禮節性行為。然而，如果由此而斷定龍女最後與柳毅的結合是純然理智型的，那卻是一個錯誤的結論。龍女對柳毅還是有感情的，這感情主要體現在與柳毅結婚生子後的一「笑」一「哭」之中。龍女的「笑」，主要是由於她與柳毅所生之子已經滿月，並深知柳毅有「愛子之意」，即便是因為兒子的關係也不可能再拒絕她了，這是一種放下思想包袱後的歡娛的「笑」，屬於情感的範疇。而她的「哭」，卻是唯恐得不到柳毅的真心相愛的一種「市愛」行為，而且是一種非常複雜的思想指導下的市愛。龍女的「因嗚咽，泣涕交下」以及伴隨眼淚而說出的兩段話的內涵是十分豐富的：這裡有作為「他類」唯恐「人類」不予接受的自卑感，也有受人深恩以身相報的報恩情結，還有遭到柳毅拒絕後的委屈心理，甚至還有略帶捕風捉影意味的重提舊話的挑逗，最終乃至涉及壽萬歲而成仙的美好前景的誘惑。所有這些，不可否認帶有相當成分的情感因素，但說到底，從龍女「偽裝」嫁給柳毅直到此時將一切和盤托出，以作最後的情感決戰，卻毫無疑問是龍女的「理智」之花所開出的「成功」之果。較之上述幾位女性形象，龍女應該是頗能理智地把握自己的命運、前途、婚姻、幸福的女人。

然而，最能理智地決定自己一切的則是李娃。一開始，李娃對滎陽生也是一見鍾情的。當他們初次見面時，生「累眄於娃，娃回眸凝睇，情甚相慕」。而當滎陽生登門訪豔時，李娃先是「大悅」，接著公然表態留客：「宿何害焉？」一夜過後，當滎陽生向李娃進一步表達心中的愛戀之情時，李娃的回答簡潔明快：「我心亦如之。」尤其是當滎陽生床頭金盡時，作者又將李娃與鴇兒進行了對比性的描寫：「姥意漸怠，娃情彌篤。」然而，李娃不是一個沉溺於孽海情天的情癡情種，而是一個饒有社會經驗的名妓花魁。她在對滎陽生具有相當愛戀的同時，又對這種狎客與妓女的交往及其結局充滿了理智的思考。在李娃的生活字典裏，感情歸感情，理智歸理智，決不能因感情而喪失理智。李娃或許也不願意這樣，但生活逼迫她必須這樣，也必然這樣。因此，她居然能在假惺惺的感情的掩蓋下，與鴇兒合謀用「倒宅計」誆騙了那曾經與自己卿卿我我一年多時間的情郎，竟至將滎陽生逼向了生活的絕路。《李娃傳》中最為後人稱道也最「感人」的片斷是李娃在漫天大雪之中將飢寒交迫且不復人形的滎陽生用繡襦抱回家中，然而，平心而論，李娃在抱回滎陽生時，內在的驅動力主要不是兒女溫情，而是良心發現。請看李娃的失聲長慟：「令子一朝及此，我之罪也。」這是一種出自道德的自責，嚴格而言，它不屬於感情的範疇。至於李娃與鴇兒的那一段長長的對話，其中心思想無非是要對滎陽生贖罪並進行補償。那麼，李娃補償滎陽生的方式是情感型的還是理智型的呢？答案自然是後者。這時的李娃，儼然是滎陽生努力攻書直上青雲的策劃者和監護人。她補償滎陽生及其家族的主要方式就是將「有情郎」培養成「新進士」。李娃終於取得了成功，她自己不僅得到了滎陽生家族的承認，而且還被封為汧國夫人。這一切，毫無疑問都是李娃以她不同尋常的理智換取的。由此我們可以斷言，在上述諸女性人物形象中，李娃是最具理性精神的一個。

通過以上簡單的巡閱，我們已經可以看到唐人傳奇小說愛情名篇中的諸女性形象是呈現出了多麼五彩繽紛的光芒，在感情與理智之間，她們每個人都有自己的選擇，而每一個選擇都是那麼理由十足。進而言之，她們不同的選擇又充分地顯示了各自不同的個性特徵。因此，從整體上講，她們都是成功的藝術形象。尤其是較之她們各自的對象——小說中的那些男主人公如趙象、李十郎、張生、鄭六、柳毅、滎陽生而言，她們一個個更顯得精光四射。她們，論感情比「他們」更有感情，論理智比「他們」更有理智，這真是一群令人側目而視的女子啊！

二

較之唐人傳奇中的女性形象，宋元話本中的女性則更多地在感情與性慾的漩渦中浮沉。她們中間，極少有象李娃那樣理性化的女子。《風月瑞仙亭》中的卓文君、《刎頸鴛鴦會》中的蔣淑珍、《崔待詔生死冤家》中的璩秀秀、《小夫人金錢贈年少》中的小夫人、《鬧樊樓多情周勝仙》中的周勝仙，她們與上述唐人傳奇作品中的女性形象相比，無論是在性格內涵還是表現形態上都呈現出極大的差異性。然而，就話本小說內部而言，那些女性的性格行為卻具有極大的同一性。

首先，話本小說中的女主人公多半是主動接近男性，有的甚至是一種性挑逗。其次，她們與男性交往的終極目的是追求性慾滿足，為此甚至達到了不顧一切的地步。最終，即便在現實的悲慘世界中無法通暢地實現愛欲，也要將愛欲的結晶帶到另一個世界，做人風流，做鬼也風流。因此，上述話本小說除了《風月瑞仙亭》是一個令男女主人公滿意的結局之外，其他諸篇均為悲劇結局。

卓文君「自見了那秀才，日夜廢寢忘飡，放心不下」，並且定下誘惑的妙計，「主意已定」，不怕「有虧婦道」。她在與司馬相如琴挑心許之後，旋即於瑞仙亭中「倒鳳顛鸞」，隨即按照卓文君的預謀「如今收拾此（些）少金珠在此，不如今夜與先生且離此間，」二人「別往居處」私奔而去。卓文君，大概可以算得上上述話本小說諸女性中間少見的帶有稍許理性色彩的人物。因為她畢竟是一位千金小姐（小說中沒有說她是寡婦），並且她與司馬相如的私奔是以「若得如此之丈夫，平生足矣」為前提的，而她之所以看中司馬相如，乃是因為兩個原因，一是「其人俊雅風流」，二是「日後必然大貴」。前者可滿足愛欲，後者則可保障終身。如此帶有理智與愛欲相混雜特徵的女性，可以看作是從唐人傳奇小說向宋元話本小說對追求愛情女性描寫的一種過渡。

除了卓文君，其他女性卻不是這樣。

相比較而言，「家下有十萬貫家財」的張員外的小夫人對主管張勝的愛情表達是最為委婉的，那就是送她許多財物，並且是有區別地贈送：「李主管得的是十文銀錢，張主管得的卻是十文金錢。」還有暗地裏專門送給張主管的「一包衣裝」和「一錠五十兩大銀」。何以如此？因為李主管已經「五十來歲」了，而張主管卻只有「三十來歲」。至於小夫人愛上張主管的原因則更簡單，因為她的丈夫張員外已「年逾六旬」，小夫人早有怨言在心：「我恁地一個人，許多房奩，卻嫁一個白鬚老兒。」白鬚老兒自然不能解決「小如員外三四十歲」的小夫人的性饑渴問題，但張主管可以解決，因此小夫人要向年輕的張主管伸出「罪惡」而又「勇敢」的愛情之手。由於張主管母親的管教，小夫人的「罪惡」思想沒有在現實世界中付諸行動，她終於沒有成為一個性滿足者，並且帶著這種遺憾走到了另一個世界。然而，可怕而又可貴的是，小夫人的罪惡並沒有因為生命的終結而終結，反倒是變本加厲，居然以「鬼」的身份跑到「人」的世界中來尋求愛欲。經過她的精心策劃、喬裝打扮、花言巧語乃至鉅資利誘，她終於得到了張主管的收留。然而，由於張主管的「至誠」，小夫人終於沒有完成與心上人「跨世界」的人鬼之戀，在真面目被識破以後，只好悄然離去。小夫人的愛欲追求雖然在做人做鬼兩重世界中都失敗了，但她那種「生前甚有張勝的心，死後猶然相從」的愛戀卻作為一段不朽的情結留在了人間並傳之久遠。

璩秀秀的表現，則比小夫人要「潑辣」和「刁蠻」得多。她利用崔寧的忠厚老實之主觀因素和大火後救她到家中的客觀條件，一再挑逗那青年男子走向愛欲之路，直至將心中所想和盤托出：「比似只管等待，何不今夜我和你先做夫妻。」當男方還在猶豫不決而回答「豈敢」時，這位大膽的女性居然對那七尺男兒進行威脅：「你知道不敢！我叫將起來，教壞了你，你卻如何將我到家中？我明日府裏去說。」最終逼得崔寧與她「當夜做了夫妻」。這真是一種奇妙的結合。崔寧所享受到的，是一種帶有刁蠻氣味但卻十分充盈的愛。然而，秀秀對於崔寧的愛，並沒有在人間得到順利的發展，因為她們的愛衝撞了郡王的權威。結果，一個被官府打作男囚，一個則被郡王打成女鬼。但，秀秀，即便是成了鬼的秀秀，她仍然需要愛欲，她要永遠和那可人的「冤家」生活在一起。於是，一場人鬼之戀終於在這對原本是市井夫妻的苦人兒之間演出，儘管那男兒並不知道女人已變成了鬼。後來，當人鬼之戀也不能為「人類世界」所容納的時候，璩秀秀，作為女鬼的璩秀秀便只好採取斷然手段了：「雙手揪住崔寧，叫得一聲，匹然倒地」，「一塊兒做鬼去了」。因為只有都成了「鬼」，他們才能「平等」相愛。對此，秀秀是不管崔寧的態度的，她從頭至尾表現了她的「潑辣」和「刁蠻」。

同樣是為了滿足愛欲，周勝仙的表現不像璩秀秀那麼「刁蠻」，但其「潑辣」勁頭卻一般無二。並且在潑辣之外，更帶有萬分執著和幾分狡黠。為了讓眼兒裏的情哥哥瞭解自己的基本情況，她「眉頭一縱，計上心來」，借著與賣糖水的吵嘴而「洩露」了自己所有的少女隱秘資料。後來，當周勝仙的父親不同意她嫁給范二郎時，這位愛得熱烈的女子竟然「一口氣塞上來，氣倒在地」。「因沒人救，卻死了」。周勝仙與許多封建時代的苦難婦女一樣，沒有得到想要得到的愛情，卻為這情慾喪了性命。但她卻又有與許多苦難婦女不一樣的地方，她居然將這一縷情根咬住不放，從陽世帶到黃泉，又從黃泉帶回陽世。當她被盜墓賊蹂躪而還陽之後，心中想念的仍然是范二郎。這位由「屍體」剛剛變成「活人」尚且赤身裸體躺在墓穴中的女子對盜墓者說出了這樣的話：「哥哥，你救我去見樊樓酒店范二郎，重重相謝你。」「若見得范二郎，我便隨你去。」如此執著的愛，真為世間罕見！然而，更執著的還在後面。當周勝仙被心上人誤以為「鬼」而被打死之後，她又來到監牢對夢中的范二郎說：「奴兩遍死去，都只為官人。今日知道官人在此，特特相尋，與官人了其心願。」什麼心願？曰：兩情相悅也，兩性相交也！果然，范二郎在周勝仙的感召和帶動下，「忘其所以，就和她雲雨起來。枕席之間，歡情無限」。情慾，可以生人；情慾，可以死人；情慾，還可以讓「人」與「鬼」生生死死、死死生生。所有這些，都在情慾之精靈周勝仙那兒得到了充分的證明。

如果說上述諸女性還是在情感與性慾相結合的狀況下進行著生生死死的掙扎的話，那麼，蔣淑珍的追求則基本上呈現出一種純然的性慾狀態。作品一開始就交代了這位女性「心中只是好些風月」，「每興鑿穴之私，常感傷春之病」。正是出於這樣一種思想基礎，所以她在未結婚的豆蔻年華就將一個「未曾出幼」（未成年）的男孩「相誘入室，強合焉」。禁果一旦偷嘗，就處於無以自拔的狀態：「此女欲心如熾，久渴此事，自從情竇一開，不能自已。」後來，她的父母為了遮醜，將其嫁給一個「只圖美貌，不計其他」的「四十多歲」的男人。十多年後，在這位年過五旬的丈夫被蔣淑珍「徹夜弄疲憊了」的情況下，那女人又和夫家西賓勾搭上了。丈夫氣死之後，她又重新嫁人。當新的丈夫出遠門時，她又和「對門店中一後生」眉來眼去，並對丈夫「有不悅之意」。最終，與那極善風月的後生苟合，並產生了性慾快感：「本婦平生相接數人，或老或少，那能造其奧處？自經此合，身酥骨軟，飄飄然，其滋味不可勝言也。」最後，蔣淑珍正與相好的幽會時，終於被丈夫雙雙殺死。在唐人傳奇和宋元話本的眾多追求愛情的女性形象中，蔣淑珍毫無疑問是最特別的一個。她的特別就在於，她在追求愛欲時已經完全喪失理智，甚至連溫柔委婉的感情面紗也被她扯得粉碎。性慾，赤裸裸的性慾，毫無羞澀感但卻是一往無前的性慾。作者將蔣淑珍的偷情稱之為「刎頸鴛鴦會」，的確如此，她寧可刎頸也要做鴛鴦。蔣淑珍雖然受到了來自傳統道德方面的指責，她甚至不能被一般的人群所接受，但她的膽大包天、她的直截了當、她的斬釘截鐵，直至她的捨命沉溺於愛河，卻無論如何會給人們留下深刻的印象。

由上可見，宋元話本中的那些追求愛情的女性形象，在很大程度上可以說是喪失理智、頗有感情、沉溺愛欲的。她們的表現與唐人傳奇中的那些女子有極大的不同，有的甚至完全相反。尤其是將其中的兩極——極端理智的李娃和沉溺愛欲的蔣淑珍放在一起，更能看出她們之間巨大的差別。但是，無論她們之間的差別有多大，有一點卻是全體共同的，幾乎所有故事中的女主人公都比男主人公更有個性，更積極主動，更願意為達到自己的願望而燃燒生命之火，甚至將自己燃燒乾淨！

三

本文最後的問題：為什麼唐人傳奇小說中的那些女性與宋元話本中的那些女性有著如此明顯的「團體性」差異？

首先，從創作主體來看，唐人傳奇所表現的是文人意識，而宋元話本則是市民趣味。

封建時代的中國，是一個典型的男權社會。其間的文學創作，基本上都是以男性視角作為敘述的出發點的。而創作主體的這種男權思想，又往往通過作品中的男主人公的思想行為或明或暗地表現出來。正是在這一問題上，上述唐人傳奇作品和宋元話本作品體現了極大的差別。唐人傳奇中的男主人公，基本上都是文士，他們身上所體現的正是一種典型的文人意識。而宋元話本作品中的男主人公，除了過渡性的作品《風月瑞仙亭》中的司馬相如是一個文人（但也曾下海）以外，其他的都是市井細民，而且更多的是生意人。文人在男女愛欲問題上，多半要求女性要溫柔、含蓄、高雅一點，這樣，婦女們自然就顯得要理智一些，重「情」一些；而市民則不管這些，潑辣、直接、粗俗一點沒有關係，哪怕將性慾要求赤裸裸地表現出來，或許更令男人愜意。男主人公的態度實際上體現了作者的一種潛意識，而這種潛意識在作品中的「回應」就是女性各自的不同表現。

進而言之，唐人傳奇中男女愛欲小說所體現的文人意識和宋元話本中男女愛欲小說所體現的市民趣味還有更深層的原因。眾所周知，中國的科舉制度出現於隋代，正式形成於唐代。而科舉制與此前的察舉制在千差萬別之中有一個非常重要卻為人們所忽視的差別，那就是企圖或即將步入仕途的「知識分子群」是否要在同一時間聚集京師？一般來說，察舉制是不需要的，因為被舉薦的「準官員」是可以陸續進京甚至不進京的。但科舉制卻不然，所有參加考試的舉子必須在規定的時間到達規定的地點——同一時間段齊聚京師。另外，有許多未能考上的舉子無力或無臉回家，又勢必滯留京師以求來年新的一搏。這樣，科舉制就造成了眾多文人長時間聚集、滯留京師。這些文人是需要生活的，不僅是物質生活，還有精神生活。況且，他們也不大可能將妻子帶入京師，或者根本就未曾娶妻。那麼，他們的男女之情慾向何處宣洩呢？最有可能的方式只有兩個——獵豔和嫖妓。因此，從某種意義上說，科舉制有力地推動了京城的娼妓業和半娼妓業的高度發達。同時，文人的雲集京師也不斷地提高了妓女的文化檔次和某些婦女的開放程度，因為那首先是滿足文人自身需要的。而將上述這些文人與「尤物」（包括妓女和非妓女）的交往記載下來，並進行藝術加工，就產生了上述那些唐人傳奇小說，就出現了那些有理智或者講感情的女性形象。至於宋元話本中的市民趣味問題，除了宋代城市經濟繁榮、市民階層壯大這些已經被大家講過千百遍的理由之外，還有其他原因，請看下一條的分析。

其次，從故事的生成環境來看，唐人傳奇是封閉性的，而宋元話本則是開放性的。

唐人傳奇和宋元話本所述故事的生成環境都是城市，甚或是大都市，這一點是毋庸置疑的。但唐代的大都市與宋代的大都市卻有著城市格局方面的巨大差異。唐代的城市格局是封閉型的「坊市分離制」，且實行宵禁，人們只能在「坊」「里」之中渡過那漫長的夜晚。其間，主要的娛樂生活就是小範圍的聚會，聽聽「說話」，看看小型「堂會」式的表演。這一點，在元稹的《酬翰林白學士代書一百韻》中的詩句「光陰聽話移」的自注中說得很清楚：「嘗於新昌宅說一枝花話，自寅至巳，猶未畢詞也。」「新昌宅」即當時白居易在京師「新昌里」中的居所，「一枝花」即京城名妓的李娃的外號。當時，說「一枝花話」的究竟是誰，這並不重要，但有一點是非常明確的：既然是在家裏說書，規模肯定不大。更有意思的是，傳奇小說《李娃傳》的作者白行簡就是白居易的弟弟，由此亦可見得唐人傳奇小說的生成環境主要是在那封閉型格局的大都市的文人小圈子之中。由這樣一種文化圈子所培育出來的女性形象當然是理智型或感情型的了。

宋代的城市格局卻是開放型的，看看張擇端的《清明上河圖》就可知其大概。流線型的街道，街道兩邊是各種建築：店鋪、酒肆、茶樓、妓院……，當然還有專門從事精神娛樂活動的瓦舍勾欄。這裡不僅沒有宵禁，相反卻有夜市。孟元老《東京夢華錄》、耐得翁《都城紀勝》、西湖老人《西湖老人繁勝錄》、吳自牧《夢粱錄》、周密《武林舊事》等書籍對此都有頗為詳細的記載。無論是「東京」開封還是臨安杭州，都是一個個開放型的包容量極大的欲望蒸騰的市民生活、娛樂場所。誕生於其間的話本小說不可能不帶有市民趣味，這些說話藝人口中塑造的婦女形象當然不會像唐人傳奇作品中那麼性格內斂，她們當然更願意將自己的愛戀火辣辣地表達出來。

第三，從作品女主人公的性格走向來看，唐人傳奇是閨閣化的，宋元話本的則是市井化的。

上述唐人傳奇作品中的女性形象，按其社會身份而言，主要有兩大類：閨閣女子和市井女子。前者如步飛煙、龍女、崔鶯鶯，後者如李娃、霍小玉、任氏。然而，這裡的幾位市井女子全都帶有閨閣化的意味。那兩位京城名妓李娃和霍小玉，她們的身份雖然是那麼卑賤，但她們的生活小環境卻是那樣的悠閒，她們的文化品格卻是那樣的高雅，從人物性格的角度看，與千金小姐幾無二致。而典型的市井女子任氏，自從嫁給書生以後，儼然是一閨中少婦，有著十分豐富的帶有文化意味的情感生活。與之相反，上述宋元話本中的女主人公幾乎全都是市井婦女，只有一個富家女兒卓文君，不料也留下了「當爐賣酒」（經商於市井）的佳話。閨閣化的女子與市井化的女子的追求當然不一樣，一個更重視精神生活，一個更重視感官享受。這樣，理智，感情，性慾的區別就在她們之中自然而然地出現了。

第四，從深層的寫作方式來看，唐人傳奇是歷史化的，而宋元話本則是生活化的。

唐人傳奇作家有著十分明確的「翼史」意識，如宋代趙彥衛在其《雲麓漫鈔》中說傳奇小說「可見史才、詩筆、議論」。唐人傳奇作品有很多命名為「某某傳」，正是這種寫作心態的體現。而這種作為「史」的補充的作品，其中的主人公當然帶有更多的「規定性」和「傳統性」，其中某些女性過分地向著情感方向「奔逸」，已屬離經叛道，它不能允許太多的欲望表現。而宋元話本則不然，它的第一要義是滿足聽眾，是經濟收入，是上座率。而廣大的、以市民為主體的聽眾或觀眾是頗為討厭「規定性」和「傳統性」的，他們比較喜歡故事中的人物按照生活的本來面目率意地表現「個別性」。這樣，宋元話本小說的鼓吹者們就不得不將自己作品中的主人公、尤其是女主人公塑造成極其「生活化」的角色。她們的愛欲總是那麼明白無誤地表現出來，有時甚至喪失理智、超越感情，從而成為與唐人傳奇作品中女主人公迥然有異的一群。

綜上所述，唐人傳奇和宋元話本中的諸多女性，是她們各自時代的女兒，是她們各自作者的女兒，也是她們各自讀者的女兒，因此，她們必然會「愛」得不一樣。

（原載《湖北師範學院學報》2010 年第一期）

山勢盡與江流東
——《嬌紅記》及其後裔

從嚴格的意義上講，遼金元三代基本上沒有多少傳奇小說作品。其中，唯有《嬌紅記》對後世的戲曲小說創作產生了巨大的影響。在此，我們僅對《嬌紅記》影響明代傳奇小說創作的情況作一粗線條的梳理。當然，首先還得從《嬌紅記》本身說起。

一、宋遠《嬌紅記》

宋遠，號梅洞，塗川（今江西清江）人。生活於元代，生平事蹟不詳。所作《嬌紅記》小說，又名《嬌紅傳》，單行本早已失傳。今所存於《豔異編》、《情史》等書者，乃是經後人改造過的，全篇二萬餘言。

《嬌紅記》的寫作特點可用四句話概括：感情誠摯，形象豐滿，情節曲折，語言綺麗。

就篇中男女主人公而言，均寫得春情蕩漾而不及淫亂。申純雖嘗與妓女相好，與妖精廝混，然就其情感世界而言，僅容一王嬌娘耳。嬌娘亡，生「獨坐則以手書空，咄咄若與人語」，亦情種也。至若嬌娘，則更是至情，心中除申生而外，別無他人。為一「情」字，嬌娘已將生死存亡、榮辱毀譽置之度外。幽會時，生尚有「不亦危乎」的恐懼。而嬌娘所言：「事至若此，君何畏？人生如白駒過隙，復有鍾情如吾二人者乎？事敗當以死繼之。」真乃擲地有聲之至情言論。帥家富過申家，貴過申家，帥公子本人相貌亦不亞於申純，而嬌娘卻一靈咬住申生不放。相比較而言，申生「勉事新君」一語，太絕情，太無力，不足以配嬌娘也。故而嬌娘斥之：「堂堂六尺之軀，乃不能謀一婦人！」嬌娘烈性可愛！此烈性，非節烈，亦非一般意義的剛烈，而是情感之熾烈也。申、王二人重在心心相印，並非以貌為唯一或首要的通情標準和線索。且二人生生死死鎖定情根，實開《牡丹亭》之先河。

該篇寫法上集唐人傳奇同題材作品之優長又有開拓變化。如嬌娘出場，一波三疊，是好文法。嬌娘「言笑舉止，常有疑猜不定之狀」，是寫其神態之妙筆。嬌娘善歌而平時不唱，危難時始歌之，此種描寫，從《鶯鶯傳》中來。嬌娘母欲使申生醉酒，嬌娘救之，救後又以語示之，尤為細膩傳神。隨後，幾番和詠、望月、分煤之描寫，小兒女情狀如畫。嬌娘撫生背而問寒溫，直讓人覺一多情女子恍在目前。二人談情，相互試探，尤以嬌娘忽冷忽熱、若即若離，《紅樓》之寶黛愛情描寫發脈於此。王、申初次約會，便被暴雨所沖，作者善用欲擒故縱法也。而嬌娘主動約生，生又誤會不覺，乃又一次「縱」之。及至二人剪髮而誓，然又「終於無便可乘」。生離去，病，病後再次相會，又為婢女衝散，誠可謂好事多磨也。二人終成歡娛，然為侍婢飛紅輩所知，是又一緊。生託媒於舅氏求婚，不料舅卻以「內兄弟不許成婚」推託，又起波瀾。又以妓丁憐憐襯托嬌娘。侍女飛紅與生嬉戲，嬌娘怒，醋意寫來真實。而飛紅撥亂其間，則有意掀起波瀾也。一女鬼化為嬌娘迷生，一小插曲耳，亦以之再次襯托嬌娘。後飛紅受嬌娘之恩，反助申、王之事。舅氏有許婚之意，事稍緩，不料帥府求婚，又橫生波瀾，緊！嬌娘與申生離別一段，嬌娘為情而死一段，均動人心旌。前此，嬌娘以帥府佳期至而引刀自裁，為人所救。至此，生以嬌娘所贈羅帕自縊窗間，又為人所救，二人恰成一對。生奄奄不起，死後，舅氏悔，準以嬌娘靈柩歸生家合葬，亦乃開明家長。葬後鴛鴦飛翔其間，乃承「韓憑夫婦」、「梁祝化蝶」而開諸多愛情悲劇描寫之先河也。《嬌紅記》中詩詞頗多，有的還寫得不錯，這些，對後世才子佳人小說乃至《紅樓夢》均產生了巨大影響。

當然，《嬌紅記》於後世之影響，遠不止於其中詩詞歌賦，而是全方位的。首先，該篇曾多次被收入後世的小說選本或類書如《花陣綺言》、《國色天香》、《燕居筆記》、《繡谷春容》、《豔異編》、《情史》之中。其次，根據該篇改造的戲曲作品也不少，如王實甫、湯式各有《嬌紅記》雜劇（均佚），金文質《誓死生錦片嬌紅記》雜劇（佚），邾經《死葬鴛鴦冢》雜劇（佚），劉兌《金童玉女嬌紅記》雜劇（存），盧伯生《嬌紅記》傳奇（佚），沈受先《嬌紅記》傳奇

（佚），孟稱舜《鴛鴦冢嬌紅記》傳奇（存）等等。

《嬌紅記》之影響甚大的根本原因，是因為它創造了一種寫作模式——才子佳人小說的寫作模式。這種寫作模式吸收了唐人傳奇的營養，又發展之、廓大之，並成為此後戲曲小說作品中寫才子佳人戀愛的楷模。僅就對後世傳奇小說創作的影響而言，這種寫作模式主要有以下諸要素。其一，篇幅蔓長，少則數千字，多則幾萬字。其二，韻散結合，散文敘事，韻文為書中人物抒情。其三，男主人公往往同時或先後與若干女性產生愛悅關係。其四，這種愛悅關係既有「情」的執著，也有「欲」的衝動。其五，男女主人公之間往往要經受生離死別的考驗。當然，每篇作品在《嬌紅記》的影響之下，也有各自的寫作特點，並非千部一腔。

二、《嬌紅記》影響下的作品

「山勢盡與江流東」，在《嬌紅記》影響之下，大批的文言中長篇才子佳人小說湧現於有明一代。此類作品，或謂「文言話本」，或稱「詩文小說」。它們有的單篇流行，有的被收入文言小說集或通俗類書中。以下所言，就是其中之佼佼者。

（一）瞿祐《秋香亭記》

瞿祐（1347～1433），字宗吉，號存齋，淮安山陽（今江蘇淮安）人，祖上徙居浙江鄞縣，後又移居錢塘（今浙江杭州）。洪武間以貢士薦，歷任仁和、臨安、宜陽等第縣學教職。建文二年，授國子監助教兼修國史。永樂以降宦海浮沉，曾因詩禍貶謫。著作多種，傳奇小說集有《剪燈新話》，後附有《秋香亭記》。

《秋香亭記》敘元代至正年間一商姓書生與表妹采采才子佳人之間悲歡離合的故事。秋香亭乃二人定情之處，故以之為篇名。後因戰亂，二人被迫分離，女子他適，男方悲痛萬分。原先，二人戀愛的主要方式是詩歌唱和，分離後，二人仍以詩篇表情達意，以誌永不相忘云云。故而，該篇詩作不少，且大多寫得纏綿悱惻，淒婉動人。篇末有云：「生之友山陽瞿祐備知其詳，既以理喻之，複製《滿庭芳》一闋，以著其事。……仍記其始末，以附於古今傳奇之後。」據此，可知該篇乃瞿祐據其友人情事而寫成。

（二）李昌祺《賈雲華還魂記》

李昌祺（1376～1451），名禎，以字行，廬陵（今江西吉安）人。永樂二年進士，官至河南布政使。著作多種，有傳奇小說集《剪燈餘話》。《賈雲華還魂記》乃《剪燈餘話》卷之五，或謂該篇乃前人舊作，李昌祺據以整理改寫而成。

《賈雲華還魂記》敘魏鵬與賈雲華的愛情故事，是比較標準的才子佳人小說。魏、賈二人本指腹為婚，又一見鍾情，幾經曲折，終於如願以償，得諧魚水。然而，魏生又被母親催促歸家，不得已而分離。生高中之後，為官錢塘，恰雲華居住之地，二人得重續舊好。又因魏生兼愛小鬟，小姐恨之，平添一小小波瀾。生之母卒，二人又分離，雲華因此而「柳悴花憔，香消玉減」，終至命赴黃泉。後還魂，大團圓結局。篇中人物寫得不錯，尤其是男女主人公，頗具個性。魏生未與小姐諧連理卻先通婢女春鴻，是縱於欲而非斟於情者也。雲華自上門幽會魏生，較之他女子大膽，然生為友人拉去，與妓纏綿大醉而歸，兩相比較，是生不如女遠甚。至於篇中連篇累牘的詩詞之作，乃此類小說故態，毋庸贅言。該篇在才子佳人小說中，大有承上啟下之作用。篇中寫魏生之才，雲華之美，自不待言，即如雲華之婢朱櫻亦才女也。此女子見魏生書壁之詩便過目不忘，於小姐前背誦之。此種描寫，誠如曹雪芹所言，鬟婢開口亦之乎也者。然魏生自見小姐便不思讀書，又是賈寶玉之先驅，此乃該篇佳處。篇中提及《嬌紅記》，且屢屢涉及張珙、鶯鶯、紅娘、申純、嬌娘等人，可見其淵源所自。此外，該篇對擬話本小說和明清傳奇戲的創作也卓有影響，《西湖二集・灑雪堂巧結良緣》即據該篇寫成，至於改作的傳奇戲則有佚名《賈雲華還魂記》（佚），沈祚《指腹記》（佚），謝天瑞《分釵記》（佚），梅孝己《灑雪堂》（存）等等。

（三）陶輔《心堅金石傳》

陶輔（1441～1523 以後），字廷弼，號夕川老人、安理齋、海萍道人，鳳陽（今屬安徽）人。入仕，官至應天衛指揮。著作多種，小說《花影集》四卷二十篇作於八十三歲時，《心堅金石傳》在該集之卷三。

《心堅金石傳》敘李彥直與張麗容因詩為媒而兩情相悅的故事。篇中頗重一「情」字，有極其動人的描寫。如張麗容為參政阿魯台所拘欲獻給右丞相伯顏時，「以片紙寄詩一絕於彥直」。隨後，就是男主人公追舟千里一段：「舟既行，而彥直徒步追隨，哀動路人。凡遇舟之宿止，號哭終夜，伏寢水次。如此將及兩月，而舟抵臨清。彥直露宿三千餘里，足胼膚裂，無復人形。麗容於板隙窺見，一痛而絕。張嫗救灌良久方甦。苦浼舟夫往答彥直曰：『妾所以不死者，母未脫耳。母脫即死。郎可歸家，勿勞自苦。縱郎因妾致死，無益於事，徒增妾苦。』彥直聞之，仰天大慟，投身於地，一仆而死矣。舟夫憐之，共為坎土，埋於岸側。是夜，麗容自縊於舟中矣。」不料，這種男女雙方徇情而死的局面卻惹惱了阿魯台，「遂令舟夫剝去衣妝，投屍岸上而焚之」。然而，更加感人的場景就在張麗容被燒成灰燼的時候出現了：「火畢，其心宛然無改。舟夫以足踏之，忽出一小人物如指大，以水洗視，其色如金，其堅如石，衣冠眉髮，纖悉皆具，脫然一李彥直也，但不能言動耳。舟夫持報阿魯台，臺驚曰：『噫，異哉！此乃精誠堅恪，情感氣化，不然烏得有此？』歎玩不已。眾曰：『此心如此，彼心恐亦如此，請發李彥直之屍焚之。』阿魯台允，令焚之，果然心亦不灰，其中亦有小人物，與前形色精堅相等，然妝束容貌則一張麗容也。」這真是感天地、泣鬼神的愛情，小兒女之間，到此地步，方能稱之為「至情至性」。正因如此，該篇被《繡谷春容》、《燕居筆記》、《情史》等多種書籍反覆收錄。又被佚名作者改編為傳奇戲《霞箋記》（存），又有人改編為小說《霞箋記》（又名《情樓迷史》），小說《百家公案》第五回亦取材於此，直到清末擬話本小說《躋春臺》中《心中人》一篇仍然仿之而作。

（四）玉峰主人《鍾情麗集》

玉峰主人，姓名及生平事蹟不詳，據簡庵居士給《鍾情麗集》所寫序言，知該小說寫於明代成化末年（1487），而作者時當「弱冠之士」。以此推論，作者當生於 1467 年左右。亦有以為該篇乃邱濬所作者，但缺乏過硬的證據。

《鍾情麗集》敘書生辜輅與表妹黎瑜愛情故事，前面大半，乃一般才子佳人寫法，然亦有生動傳神之處。如寫黎瑜之「馴謹穩實，生挑之，不答；問之不應」。再如辜生黎瑜隔廉對話一段，瑜娘拂拭落花一段，辜生詭計詐病一段，小馥放達斟情一段，瑜娘突生反覆一段，均寫得引人入勝。相比較而言，後半漸佳，尤以私奔、被囚、分別、再度私奔幾段最好，感人至深且別開生面。且看辜、黎二人遭受牢獄之災又將淒慘別離一段描寫：「先是，二人淹滯囹圄，極情淒慘。乃至判斷明白，將使瑜父領瑜前回，二人相語別曰：『妾與君歷盡危險，備經辛苦，猶不得遂其美滿之情，今日繫於囹圄之門，此人之意惡者也。非緣兄，亦不出此。我父又將領妾遠回，今夜與君在此，不知明日又在何處也。死則已矣，倘若不死。度毋相忘於患難之中。』二人抱頭大慟，絕而復蘇者數次。既而，拭淚立會數次，極其綢繆，不覺樵閣日上三竿。女遂自摘其髮繫生之臂，生亦摘髮以繫瑜臂。已而，仰天歎曰：『縱今生不得為同室人，亦當死為同穴鬼；縱有死生之殊，永無違背之異。皇天后土，其證之焉！』瑜乃口念《沁園春》一闋，歌以別生。每歌一句，長歎一聲。滿獄聞之，莫不掩泣。」當然，這篇作品也有兩大不足，一是詩詞歌賦太多，令人望而生厭，不堪卒讀；二是辜生與黎瑜相好之前，早已與紡紗女小馥有私。此二條，也正是此類作品常態。又，篇中直接點明《鶯鶯傳》、《嬌紅記》，可見此篇之來源。

（五）盧文表《尋芳雅集》

盧文表生平事蹟不詳，此篇被收入《國色天香》等書。該篇雖名為「尋芳雅集」，而實際是寫豔情為主，基本情節可謂豔而不雅，是才子佳人小說中的淫慾一派。我們且看書中人物一系列惡劣的行為：吳廷璋為求得心愛的女人，居然跪在侍婢面前；吳生未得小姐嬌鸞，先與其侍婢春英通。吳生欲與嬌鸞幽會，不料錯占情人父妾巫雲。巫雲無恥，居然向吳生出賣丈夫的小女兒嬌鳳。為討好吳生，巫雲又教其誘惑嬌鳳丫鬟秋蟾。吳生姦污秋蟾，並問：「巫雲與鸞、鳳孰勝？」吳生終於通姦嬌鸞，隨後又猥褻嬌鳳。吳生乘嬌鳳沐浴之際欲強姦不成，猥褻之。嬌鸞補償吳生不足，與之同浴而聽其輕薄。吳生幾經曲折，終與嬌鳳淫亂。吳生與鸞、鳳姐妹同床，淫亂不堪。吳生又與二嬌二婢月夜宣淫，無恥至極。……總之，全篇淫穢描寫頗多，實在是通俗縱慾之章回小說《浪史》《肉蒲團》之同道。篇之最後，又多詩詞，儼然才子佳人風調也。該篇亦提及《西廂記》與《嬌紅記》，可見一脈相承而又格調大變。

（六）華玉溟《銀河織女傳》

華玉溟生平事蹟不詳，據篇中有關材料，知《銀河織女傳》作於隆慶初年（1567）。該篇乃才子佳人又一種變格，敘明代一儒家子夢入仙境，乃自身為牽牛，且與織女相會。此後，每夢則天上，醒而人間。夢中與織女每月相見三次，乃初七、十七、二十七日。後廓而大之，進而與織女身邊侍女有枕席之歡。最終，於七夕與織女成為佳偶。全篇乃癡人說夢，是文人豔想。然全篇詩詞不少，頗有風流意味。

（七）佚名《龍會蘭池錄》

該篇見《國色天香》卷一，敘關漢卿雜劇及南戲《拜月亭》故事，以蔣世隆、王瑞蘭愛情故事為主。篇中詩詞頗多，且愛掉書袋子，使之更為才子佳人化。除此而外，該篇還有數端不如雜劇和南戲處。如「世隆口占詩詞，挑瑞蘭野合」於逃難途中，有損人物形象。再如蔣世隆最終入贅王府太容易，此等關目亦遠遜《拜月亭》。然該篇亦有佳處，如瑞蘭頂撞乃父，引經據典，義正詞嚴，令人快意。再如瑞蘭與世隆分別時所作《一翦梅》詞，極具民歌風調，又情真意摯，庶幾天籟：「瀟湘店外鬼來呵，愁殺哥哥，悶殺哥哥。伊人自作撲燈蛾，去了哥哥，棄了哥哥。把頭相向淚懸河，怎捨哥哥，漫捨哥哥。此歸花案不差訛，生屬哥哥，死屬哥哥。」

（八）佚名《雙卿筆記》

《雙卿筆記》亦見於《國色天香》，敘書生華國文與張端（字正卿）張從（字順卿）姐妹的愛情婚姻故事。雖未脫二佳人配一才子俗套，但通篇以寫情為主，稍涉色慾，乃正格才子佳人小說寫法。況且全篇情節自然而曲折，人物生動，心理描寫尤為真實可信，故堪稱佳作。尤其值得稱道者，如開篇處寫華生與妻子婚後感情，別出心裁，與《浮生六記》中某些地方頗為相似。侍婢香蘭形象亦頗生動，觀其與小姐張從一段對答，俏皮可愛。隨後，此女子的表現或大有見識，或俏而不淫，都寫得很成功。然而，這樣一個純潔的少女一旦被書生強制淫亂後，竟至起了引誘小姐入彀的念頭。如此描寫，雖一方面體現了作者捉弄女性的創作心態，但同時又是符合人物身份及其所處環境的。

（九）佚名《花神三妙傳》

《花神三妙傳》見於《風流十傳》、《國色天香》、《萬錦情林》等書，敘元末書生白景雲與趙錦娘、李瓊姐、陳奇姐三個表姐妹之間的豔遇。該篇內容頗雜，既有男女偷情描寫，又有才子佳人聯唱。篇中女性，既有淫亂行為者，亦有孝道遵守者，還有剛烈女子。然主體精神是文人的青天白日夢，花神三妙，又加一正妻徽音，更有鄰婦穿插其間，也的確夠白姓書生大大忙一陣的。該篇寫人，間有新奇妙筆，如寫白生欲調趙錦娘，竟至聽此女調遣，為其母奉湯藥甚勤。如寫白生與錦娘勾通的同時，又與瓊姐隔著牆板調情。在寫作方式上，該篇亦有創新。全篇分若干段，每段都有小標題，如同章回小說或傳奇戲文一般。如：「白生錦娘佳會」，「白生瓊姐佳會」，「三妙寄情唱和」，「白生奇姐佳會」，「四美連床夜雨」，「慶節上壽會飲」，「涼亭水閣風流」，「玉碗卜締婚姻」，「錦娘割股救親」，「奇姐臨難死節」，「碧梧雙鳳和鳴」等等，瀏覽這些小標題，也就等於鳥瞰了全篇的故事梗概。該篇頗多駢文，是寫作上又一特點。《花神三妙傳》屬於才子佳人小說中向色慾描寫靠攏一派，其中的色情描寫不亞於《尋芳雅集》。尤其是白生分別與「三妙」私通後，竟至開始與多名女子同時淫亂。如白生與「三妙」連床時，錦娘竟說：「自此以始，先小後大，以此為序，勿相推辭。」真是無恥之尤。再如「四美連床」時，一男三女競相聯句以描寫歡會情景，亦乃「斯文掃地」。更為無聊透頂的是下面這段描寫：「自是，屢為同床之會，極樂無虞。不意笑語聲喧，屬垣耳近。有鄰姬者，隸卒之婦也，疑生為內屬，安有女音，遂鑽穴窺之，俱得其情狀矣。……次早，生過其門，鄰婦呼曰：『白大叔昨宵可謂極樂矣。』生詰其由，句句皆真。生不得已，奉金簪一根，求以緘口。婦笑曰：『何用惠也，但著片心耳。』生因歸告錦娘，且曰：『姑勿與二妹知之，恐其羞赧難容也。』錦曰：『此婦不時來此，況有灑灑風情，兼有「只著片心」之言，不為無意於君。君若愛身，不與一遇，機必露矣，君其圖之。』生不得已，至晚，徑詣鄰婦之家，與作通宵之會。果爾得其真情，與生重誓緘口矣。」窺人隱私以要挾者，卻不要金簪，只要「片心」。欲堵知情人嘴巴者，金簪「賄賂」無效，只有「奮不顧身」。而從中領會對方意圖並拿出主意的竟然是情郎的「初始情人」。這一連串的奇思妙想，也只有「三妙傳」的作者方才「傳」得出。

（十）佚名《天緣奇遇》

《天緣奇遇》見於《風流十傳》、《國色天香》、《萬錦情林》等書。該篇是情慾混雜而以欲為主的作品，男主人公祁羽狄用情泛濫至極。粗略統計，作品中與這位「美姿容，性聰敏」的男子發生性關係的女子竟達一百多人。其中，有姓名字號的如吳妙娘、周山茶、徐氏、玉香仙子、小卿、素蘭、桂紅、琴娘、余金園、廉玉勝、王瓊仙、陸嬌元、沙宗淨、涵師、興錫、文娥、陳氏、金菊、孔姬、潘英、東兒、廉毓秀、顏松娘、王驗紅、金錢、南薰、曉雲、廉麗貞、玉紅、曹媚兒、喬彩鳳、馬文蓮、蘇晚翠、趙燕寵、陳秋雲、姚月仙、張逸紅、龔道芳、碧梧、翠竹等等竟有四十人。這些女性的身份不一，有平民妻室、富家主母、半老徐娘、及笄少女、大家侍婢、小家碧玉、下凡仙姑、青樓妓女、千金小姐、妙齡道姑、太守妻妾、副使繼室等等，她們之中，不僅有主僕關係、姐妹關係，甚至還有母女關係。最終，祁羽狄官居極品之後，居然有「香臺十二釵」、「金秀百花屏」等名目，身邊的女人不勝枚舉，可見主人公用「情」之濫。其中描寫自然以欲為主，情的因素微乎其微。篇中所描寫的女性形象，除祁羽狄的正妻龔道芳層次較高而外，其他大都在男女關係方面顯得比較低賤庸俗，有的甚至無恥下流。然而是書也有自身的特點，如祁羽狄與眾多女性交往的媒介，多以才華為主，其次才是美色。再如篇中除了描寫祁羽狄文采之外，還展現了他的武功韜略。至於在寫法上，該篇也頗有特色。首先是人物眾多，性格各異，在揭示人際矛盾方面下了一番工夫。如寫廉玉勝、廉麗貞、廉毓秀姐妹三人為祁生而產生種種矛盾，乃至演出鉤心鬥角的「姐妹三國演義」一段，就非常細膩真切。其次是情節曲折，波瀾橫生，有時還能做到前有伏筆，後有照應。如徐氏死後，其女文娥被賣，恰被祁生姑父買為侍婢，這就為後文祁生與文娥重會埋下伏筆。再次，該篇在寫男女之情慾的同時，還錯雜描寫了一些世情故事甚或政治事件。如祁生姑父廉參軍因謀逆大案而被棄市，這樣就造成廉氏姐妹「入宮為婢」的悲劇命運，同時，又以此為契機，展開了世態人情的描寫。總之，該篇堪稱此類小說之集大成者，然其無聊淫濫亦乃「集大成」也。

（十一）佚名《劉生覓蓮記》

該篇收入《國色天香》、《萬錦情林》等書，是典型的才子佳人小說。篇中寫一夫二妻，大團圓結局，其間雖幾經曲折，然無大礙。且慧婢美妓均之乎也者，更不論才子佳人之子曰詩云，正是《紅樓夢》所鄙夷之情狀。然該篇在同類小說中亦有特色，如劉生一妻一妾，相戀時均不及於亂，基本迴避淫穢描寫。但亦有惡俗處，如劉生未獲佳人，先得「花柳趣」，與妓女數人盤桓。此乃「風流」「道學」兼而有之，開李笠翁之先河。該篇頗長，然人物生動，情節曲折，多有引人入勝或賞心悅目處。如侍婢素梅數落劉生「罪行」一段：「竊窺鄰女，眼罪也；吟賦詩詞，口罪也；攀花弄管，手罪也；勤步窗前，腳罪也；用意輕薄，心罪也；私聞竊聽，耳罪也；然連日疏闊，一身都是罪也。」此等語言，堪稱一刀兩刃，既活畫才子多情醜態，又寫出鬟婢伶牙俐齒。篇中素梅，是第一活躍人物，大有喧賓奪主之勢，如上述咄咄逼人的言辭，聰明伶俐的應答，在作品中比比皆是，如劉生房中調笑小姐一段，如一連用八位古人比擬劉生一段，如閨房中挑逗小姐一段，都是十分俏麗的對答文字。該篇亦提及「西廂」「嬌紅」，淵源可見。該篇又提及《荔枝奇逢》、《懷春雅集》、《天緣奇遇》，可見在諸篇之後。至若詩詞之多，正此類小說本色，未可過分指責。

（十二）佚名《古杭紅梅記》

該篇見於《國色天香》、《萬錦情林》、《燕居筆記》等書，是一篇較有特色的才子佳人小說。其最大的特點乃是將才子佳人故事與遇仙故事融為一體，且雜以仙界矛盾乃至鬥法故事，較之單純的才子佳人小說內容更為豐富。全篇故事曲折而不枝蔓，語言亦頗雅潔。其中，有些片斷筆法甚好，能引人入勝。如開篇寫紅梅閣內仙人留詩，撲朔迷離，深得「傳奇」之妙。再如寫王鶚獨宿與一女子種種糾葛一長段也跌宕起伏，生動傳神。而寫仙女自敘生平一段，亦乃美麗動人的故事：「妾乃上界仙花一枝紅梅也，身已列於仙品。時西王母邀上帝，設宴，令仙苑群花盡開，以候上帝之觀望。時妾適因群仙宴，酒醉未醒，有違敕旨，遂得罪，便令人將妾自天門推下，隨落三峰山下。妾既推下，殘命未蘇，久之，遂依根於石上，附體於岩前，迎春再發，以候赦而復歸仙苑。不意所居之地有一巨穴，中有巴蛇。此畜壽年千歲，乃聚土石之怪、花木之妖於洞，恣逞其欲。妾乃被脅入洞中，欲效歡娛。妾乃仙花，誓死不從。此畜愛妾貌美，又且畏天行誅，監妾於後洞。一日，此畜歸巴中看親，妾乃乘間走出洞門，復歸三峰山下。斯時太守張仕遠適來此山，見此紅梅一株，香色殊異，乃移妾栽向閣之東。栽近月餘，巴蛇歸穴，探知其事，欲謀害張仕遠以奪妾。張公乃正直之人，嘗有鬼神擁護，無可奈何。」這樣的故事，稍作加工，就是一篇很好的異遇類傳奇小說，作者將它融入一篇才子佳人小說中，便使得整篇作品別有風味。當然，《古杭紅梅記》也有自身的弱點，最嚴重的問題就是在人物對話時運用了大量的駢文句法，沖淡了作品的故事性，且不符合生活真實。

（十三）佚名《相思記》

《相思記》見於《國色天香》，敘馮琛字伯玉者與趙雲瓊愛情故事。篇中寫才子佳人自小一起長大，相愛頗有基礎，是其長處。然該篇套自《西廂記》的情節不少，如「瓊娘斥簡」，如「郊外送別」等等。該篇另一不足之處是情節太平淡，全篇只寫得「相思」二字。但該故事在當時影響頗大，《寶文堂書目》著錄有《風月相思》，「六十家小說」亦有《風月相思》，熊龍峰亦曾刊刻《馮伯玉相思小說》。

（十四）佚名《李生六一天緣》

《李生六一天緣》見於《繡谷春容》，與《龍會蘭池錄》、《尋芳雅集》、

《鍾情麗集》、《花神三妙傳》、《天緣奇遇》、《劉生覓蓮記》等篇一樣，都是文言才子佳人小說中的長篇巨製，而該篇全文五萬餘言，乃目前所知同類作品長度之最。該篇敘書生李春華與葉鳴蟬、留無瑕、許芹娘、金月英、花賽嬌、桂娟友六名女子以及她們的丫鬟蕙芳、小梅、勝瓊、柳青情緣故事，詩詞頗多，是此類小說之本色。該篇情節複雜，然作者寫來層次井然，既有樓頭馬上，又有風浪江湖，既有繡閣偷情，又有聯舟幽會，人物、場景不斷更換，令人如行山陰道上。如果去掉男主人公先婢後主之濫情和連床大會之惡趣，該篇可算才子佳人之佳作。開篇寫得恍惚迷離，中途間以豪俠之事，均能增添稍許韻味。該篇之另一長處是善寫女子心性，如寫三位小姐與李生見面時的神態：「無瑕懷愧低首，芹姐故意矜持，月姐則舉止安閒，流盼覷生。」真乃情動於中而發於外。此後，又寫許芹娘、金月英的扭捏作態最為逼真。且看這段描寫：「瓊升樓遞柬，芹、英未及看畢，而生步入樓門。英笑曰：『李兄來矣。』芹錯愕起迎，曰：『何不預報？令失迓也。』生曰：『恐閉戶不納耳。鄙句奉和，倘有冒犯，願二卿見諒。』答曰：『未得遍覽，願待紬繹。』坐定，披閱甫盡，芹色怒，曰：『妾以兄為至戚，故託道義，聆清誨。乃戲褻如斯，令人愧悔無地。』英亦曰：『久而敬之，斯為善交。李兄始得面議，便爾縱言，久之，更當何如也？』生曰：『筆下之失，已先知之，是以尾柬自首，迺不見宥，不已甚乎！』英曰：『千不是，萬不是，乃妾等不是。一不該，隨姑往拜；二不該，軒下共吟；三不該，走瓊獻詩。以此三失，易彼一過，乃不自責而重責人，何耶？』芹迺色定。生亦懷慚欲歸。芹徐曰：『既來之，則安之。若以語言之忤，艴然而去，是大人君子之量，亦與女子等矣！』於是，各回嗔作喜，評論古今淑女才藝優劣，遭際順逆，情甚浹洽。但一稍及亂，芹便艴然，英亦不答。生雖知可通，然莫有間隙，仍賦一詩而歸。」

（十五）佚名《傳奇雅集》

《傳奇雅集》見於《萬錦情林》，與《天緣奇遇》同調，是一男子與多女子豔遇的大欲之作。一生名辜時逢，見其姑父續弦元氏之女行雲，為所迷。後又迷一少婦和雪容，私之，並及其妹和雪華，三人同寢。和雪容夫歸，生避之鄰家，又與鄰婦經青霞私焉。經青霞又勾其主母宣似真，乃二十許之新寡，與生通之。生又垂涎宣氏小姑蕊玉，通之。生歸家途中，遇一為後母所逼而欲自盡的女子貢如瓊，救而私之。生之叔攜其訪親，又遇堂表姐妹祿氏紫英、紫芝姐妹，一見鍾情。生欲紫芝侍兒陽春為之傳書遞柬，故先狎之。又與紫英通，並狎其侍婢小春。最終，生又與紫芝成其好事，並及侍兒若蘭。生得姑父招，趨之，途遇三女：新寡之元連城及其二妹翠娥、巧珠。生先私連城，並其侍兒芙蓉，又私翠娥、巧珠。生見姑父，乃以行雲許嫁之。婚前，生被薦為大將軍，破海寇，擒賊酋。賊中一將當誅，其女全玉環願以身代父，生釋之。此將願獻女為妾，生納之。班師，封侯，迎娶行雲。篇中與辜生有淫亂行為的女子除最終一妻一妾外，尚有十四人，雖不及《天緣奇遇》「規模宏大」，但也令人「刮目相看」。此種以欲為主的作品，在才子佳人小說中是一大支流，不能不引起重視。

（原載《傳奇小說通論》，中州古籍出版社，2005 年 11 月出版）

唐宋傳奇與明清小說

唐宋傳奇小說對明清小說具有多層次的影響，選材立意、布局謀篇、情節結構、人物造型、審美趣味、語言表達……，幾乎是全方位的。前輩學者曾對這一問題多有探究，如譚正璧先生之《三言兩拍資料》就是其中的佼佼者。關於唐宋傳奇小說對《西遊記》的影響，筆者前已撰《唐宋傳奇與〈西遊記〉》一文發表於《明清小說研究》2005 年第四期，此處再將唐宋傳奇對明清小說產生影響的其他材料加以集中評介，以就正於諸位方家同好。

一、人物造型

我們且從唐人沈亞之的傳奇小說《馮燕傳》說起。

馮燕是一個「意氣任俠」之人，因殺人而隱藏於滑鎮軍中。隨後卻發生了一件令人意想不到而且無法理解的事：「他日出行里中，見戶旁婦人翳袖而望者，色甚冶。使人熟其意，遂室之。其夫，滑將張嬰者也。嬰聞其故，累毆妻，妻黨皆望嬰。會從其類飲，燕因得間，復偃寢戶，拒寢戶。嬰還，妻開戶納嬰，以裾蔽燕。燕卑蹐步就蔽，轉匿戶扇後，而巾墮枕下，與佩刀近。嬰醉目瞑，燕指巾令其妻取。妻即以刀授燕。燕熟視，斷其頸，遂巾而去。」這位被人視為俠士的馮燕，做的卻是一件極傷感情而講道義的事。他與張嬰的妻子私通，在險些被張嬰發現時，馮燕要女人拿過頭巾來遮蔽自己，女人誤會了，以為「姦夫」要殺「本夫」，便遞過頭巾邊的佩刀。不料，姦夫並未殺本夫，而是在盯著女人看了半天之後，毅然決然地將「淫婦」殺了。這裡，對女人的所作所為作何評價是另一回事。僅從馮燕的角度看問題，他是極其有「理」而無「情」的，而且是一種站在大男子立場上極端賤視婦女的有「理」

無「情」。那紅杏出牆的女人與馮燕幽會多次，而且還因此飽受丈夫的毒打，應該說，她對馮燕付出了很多。而馮燕在關鍵時刻，為了維護自己的心中的「道義」，或者說為了使自己的俠士心態不受到傷損，竟然殺掉了自己心愛而且也愛著自己的女人。在馮燕看來，所有的過錯，包括通姦的事實、背叛倫理的行為以及殺人的念頭這些罪責，統統該由那淫婦承擔。姦夫無罪，而當姦夫殺死淫婦後則不僅無罪反而是一種人格完善、道德完美。這樣一種行為邏輯，是封建時代專屬於男權擁有者的。然而，這卻是一種非人道的、令人感到不寒而慄的行為邏輯。如果這種行為邏輯所體現者也能夠稱之為「俠」的話，那只能是俠文化的墮落。

更為可怕的是，馮燕這種有「理」無「情」的人格追求不僅得到沈亞之的表彰，而且還被此後的小說家不厭其詳地「複製」。

宋人張齊賢的傳奇之作《洛陽縉紳舊聞記．向中令徙義》中，就有一位與馮燕心態相近似的人物。該篇寫道：「向中令諱拱，……年二十許，膽氣不群，重然諾，輕財慕義，好任俠，借交亡命，靡所不為。嘗與潞民之妻有私，後半歲，向謂所私之婦曰：『多日來不見爾夫，何也？』婦笑曰：『以我與爾私，常磨匕首欲殺我，懼爾未得其便。會爾久不及我家，與鄰人之子謀，許錢數十千，召人殺之。鄰家之子曰：「若我殺之，汝肯嫁我乎？」念夫常欲殺己，恨無逃避之路，遂許之。會夫醉臥城外，鄰家子潛殺而埋之，懼為人覺，且潛遁矣。』向曰：『鄰家子今安在？』婦人曰：『在某所。』向密尋而殺之，回責所私婦人曰：『爾與人私而害其夫，不義也。爾夫死，蓋因我，我不可忍。』遂殺其婦人，擲首級於街市。」這位向拱的「俠義」行為較之馮燕而言似乎要合情合理一些，因為那淫婦畢竟先將本夫害死，而且，除了向拱之外，女人還利用了一位「準姦夫」鄰家子。這樣的女人，較之馮燕所交往者似乎更為惡毒，因而向拱站在「第四者」的立場，將準姦夫與淫婦先後殺掉，也就更為符合封建時代男子漢們的道德準則了。然而，就其本質而言，向拱與馮燕並沒有什麼不同，他們都是披著俠義道德外衣的極端男權主義者。

在明清的擬話本小說中，至少有兩篇作品中的男主人公與馮燕、向拱同類。一個是《型世言》第五回《淫婦背夫遭誅，俠士蒙恩得宥》中之耿埴，另一個是《歡喜冤家．鐵念三激怒誅淫婦》中之鐵念三。

明末陸人龍的《型世言》是一部竭盡全力鼓吹封建倫理道德的作品，書中的作品絕大部分寫忠孝節義，其第五篇所表彰的就是耿埴（諧音「耿直」）

這位俠士。更有意味的是，該篇的「頭回」所講即馮燕故事，可見陸人龍深受沈亞之的影響。當然，白話擬話本的描寫較之文言傳奇小說更為細膩，其間也加了不少細節描寫，但其核心思想卻是沒有變化的。我們只要摘取其中兩個片斷便可看到耿埴是如何「耿直」了。片斷之一：「耿埴便戲了臉，捱近簾邊道：『昨日承奶奶賜咱表記，今日特來謝奶奶。』腳兒趄趄便往裏邊跨來。鄧氏道：『哥，不要囉唕，怕外廂有人瞧見。』這明遞春與耿埴，道內裏沒人。耿埴道：『這等咱替奶奶栓了門來。』鄧氏道：『哥不要歪纏。』耿埴已為他將門掩上，復進簾邊。鄧氏將身一閃，耿埴狠搶進來，一把抱住，親過嘴去。」片斷之二：「這邊耿埴一時惱起，道：『有這等怪婦人，平日要擺佈殺丈夫，我屢屢勸阻不行，至今毫不知悔。再要何等一個恩愛丈夫，他竟只是嚷罵。這真是不義的淫婦了，要他何用！』常時見床上掛著一把解手刀，便掣在手要殺鄧氏。鄧氏不知道，正揭起了被道：『哥快來，天冷凍壞了。』那耿埴並不聽他，把刀在他喉下一勒，只聽得跌上幾跌，鮮血迸流。」耿埴就這樣殺死了他百般勾引而到手的女人。鄧氏較之前面兩個淫婦死得更冤，她並沒有雇兇殺夫，甚至連殺夫的刀子都沒有遞過去，只不過有「要擺佈殺丈夫」的念頭而已。然而，就在她向著情人問寒問暖的時候，「耿直」的英雄姦夫向她還以冷颼颼的風刀霜劍。

到了更晚一點的《歡喜冤家・鐵念三激怒誅淫婦》中，姦夫鐵念三（真名沈成）與本夫崔福來被寫成「同伍夥伴」，而且「賃下一間平房，二人同住」，「兩個人也是志同道合」，竟成為異姓兄弟。更有甚者，崔福來的妻子香娘還是鐵念三「介紹」的。就是這樣一種親近關係，使得鐵念三與「嫂嫂」香娘勾搭成奸：「鐵念三大喜，近前抱住，雲雨一番。兩個起來，俱淨了手腳，閉好門兒，重新坐在一條凳上，摟了吃酒。說說笑笑，調得火熱，把念三做了親老公一般看待。」後來，那香娘也起了謀害親夫的念頭，並說給鐵念三知道，鐵念三就對她毫不留情了：「『我想，這不過五兩銀子討的，值得什麼，不如殺了淫婦，大家除了一害，又救了哥哥一命，有何不好。』正在躊躕之際，香姐只想那樣文章，去把他那物摸弄，激得念三往床下一跳，取了壁上掛的刀，一把頭髮扯到床沿，照著脖下一刀，頭已斷了，丟在地下。」勾搭「嫂嫂」成為淫婦而後殺之，讓「哥哥」做了王八而後保護之，這就是鐵念三與眾不同的怪異邏輯。其實，這種「情愛」邏輯也並不奇怪，因為那女人「不過五兩銀子討的，值得什麼」？鐵念三的心裏話已對此做出了「合情合理」的解釋。

從馮燕到向拱，再從耿埴到鐵念三，也許還有諸如「鐵念四」之類，他們都是姦夫，卻為了王八而殺淫婦，可以稱之為「馮燕現象」。從社會學的角度看，馮燕現象的底蘊是將女性作為羔羊而獻上道德的祭壇；從文學的角度看，馮燕現象則是枯燥的道德說教對鮮活的文學創作的侵蝕和干擾。但無論如何，唐宋傳奇中的人物造型影響了明清小說，卻是一個最基本的事實。

唐宋傳奇在人物造型方面對明清小說的影響絕非一個「馮燕」，對讀一下唐人戴孚《廣異記・崔敏慤》與清人蒲松齡《聊齋誌異・席方平》中的主人公，唐人皇甫枚《三水小牘・游氏子》之主人公與《聊齋誌異・青鳳》中的耿去病，都可以看出他們之間的一脈相承。還有一種現象，就是某篇唐宋傳奇作品中的某位人物形象，影響了明清小說作品中的一群人物的塑造，這大概又有點「一傳十十傳百」的幾何級數繁殖意味了。如張鷟《朝野僉載・柴紹弟》對後世通俗小說中「神偷」的影響，康駢《劇談錄・田膨郎》對《三俠五義》中黑妖狐智化等「俠盜」的影響，王仁裕《王氏見聞・沈尚書妻》對《醒世姻緣傳》和《聊齋誌異》等作品中諸多妒悍婦人的影響，張世（士）南《遊宦紀聞・張鋤柄》中之半仙半僧人物對《濟公全傳》等作品中仙僧的影響等等，可謂不勝枚舉。總之，明清小說中許多生動活潑的人物形象往往都能在唐宋傳奇小說中找到他們的老祖宗。

二、情節設置

《水滸傳》中有一個非常有趣的情節，那就是在李逵殺虎一節中描寫老虎回家居然是屁股先進洞，這樣，就給黑旋風以可乘之機，十分順利地殺死了這只倒楣的老虎。請看該書第四十三回的描寫：「那母大蟲到洞口，先把尾去窩裏一剪，便把後半截身軀坐將入去。李逵在窩內看得仔細，把刀朝母大蟲尾底下，盡平生氣力，捨命一戳，正中那母大蟲糞門。李逵使得力重，和那把刀靶也直送入肚裏去了。那老大蟲吼了一聲，就洞口帶著刀，跳過澗邊去了。」

讀了上面這段故事後，人們自然會想到一個問題：老虎回家時屁股先進洞，施耐庵或羅貫中是怎麼知道的？我想，施、羅二公不太可能親自鑽進老虎洞中去體驗生活。那麼，這種寫法又從何而來呢？讀讀唐人戴孚的《廣異記・勤自勵》，答案就在其中。該篇敘「復員軍人」勤自勵在趕往岳父家拯救被迫改嫁的妻子時，路遇傾盆大雨，他只好躲到路邊的大樹洞裏。不久，有一虎將一物丟進洞中，然後離去。勤自勵仔細一看，原來此物竟是自己的妻子。當夫妻二人正在抱頭痛哭時，老虎突然又回來了，於是，發生了下面精彩的一幕：「頃之，虎至。初大吼叫，然後倒身入孔。自勵以劍揮之，虎腰中斷。恐又有虎，故未敢出。尋而月明後，果一虎至，見其遇斃，吼叫愈甚。自爾復倒入，又為自勵所殺。」

非常清楚，《水滸傳》中李逵殺虎一節，就是從《勤自勵》中這一片斷發展演變而成的，只不過《水滸傳》中的描寫更為細膩、也更為精彩一些罷了。

在情節設置方面，唐宋傳奇對明清小說尤其是《聊齋誌異》影響極大。為了加深認識，不妨再看幾例：《廣異記・張魚舟》對多篇小說中人救虎、虎報恩情節的影響，薛用弱《集異記・衛庭訓》對《聊齋誌異・陸判》基本情節的影響，陳邵《通幽記》之《李威》《王垂》均對《聊齋誌異・畫皮》故事情節有影響，佚名《會昌解頤錄・劉立》對《聊齋誌異》之《蓮香》《粉蝶》均有影響，張讀《宣室志・王先生》和柳祥《瀟湘錄・襄陽老叟》均對《聊齋誌異・勞山道士》有影響，李隱《大唐奇事記・冉遂》對《聊齋誌異・蘇仙》有影響。

三、片斷描寫

從片斷描寫的角度看問題，唐宋傳奇影響明清小說的例證就更多了。聊看幾例：袁郊《甘澤謠・魏先生》中，有魏先生與李密二人縱談天下君王一段：「先生曰：『吾子無帝王規模，非將帥才略，乃亂世之雄傑耳！』李公曰『為吾辯析行藏，亦當由此而退。』先生曰：『夫為帝王者，籠羅天地，儀範古今，外則日用而不知，中則歲功而自立。……故鳳有爪吻而不施，麟有蹄突而永廢者，能付其道而永自集於時者，此帝王規模也。』」讀了這一段，誰都會聯想到《三國志通俗演義》中許邵說曹操「子治世之能臣，亂世之奸雄」和曹操、劉備二人「青梅煮酒論英雄」這樣兩個片斷。毫無疑問，《三國志通俗演義》中那兩段經典的描寫正是從《甘澤謠》中學過去的。這絕非筆者胡言亂語，因為在《魏先生》篇中，魏先生還對李密說了這麼一句：「寧我負人，曹操豈兼於天下？」

還有一串連瑣影響的例證，首先是唐人皇甫枚《三水小牘・夏侯禎》中的一段描寫：「汝州魯山縣西六十里小山間，有祠曰女靈觀，其像獨一女子焉。低鬟嚬蛾，豔冶而有怨慕之色。……咸通末，縣主簿皇甫枚因時祭，與友人夏侯禎偕行。祭畢，與禎縱觀。禎獨眷眷不能去，乃索巵酒酹曰：『夏侯禎少年未有匹偶，今者仰覿靈姿，願為廟中掃除之隸。』既捨爵，乃歸。其夕，夏侯生惝怳不寐，若為陰物所中。其僕來告，枚走視之，則目瞪口噤，不能言矣。謂曰：『得非女靈乎？』禎頷之。」後來，經過向神靈請罪，「奠訖，夏侯生康豫如故。」

這種書生輕薄女性神靈而遭到懲罰的片斷，到了宋人洪邁《夷堅志・花月新聞》一篇中卻是另一種情調：「（姜）廉夫之祖寺丞未第時，肄業鄉校，嘗偕同舍生出遊。入神祠，睹捧印女子，塑容端麗，有惑志焉。戲解手帕繫其臂為定，才歸即被疾。同舍生謂其獲罪於神，使備牲酒往謝，於是力疾以行。奠享禮畢，諸人馳馬先還，姜在後失道。」後來，這位姜姓書生被一劍仙化作絕色女子所迷，而此女子原先的相好上門尋仇。幸得一道士相救，殺了姜生的情敵，姜生方與女子終得團圓。

我們捨棄《花月新聞》中後面一段故事不議，僅就其開篇處而言，它所寫的仍然是一個與《夏侯禎》相同的片斷。這種片斷的核心意思是男人不能戲侮女性神靈，否則，總會有大大小小的災禍降臨。更令人注目的是，這種懲戒輕薄男兒戲侮女神的片斷到了《封神演義》之中，則演變成一個極具宿命意味的驚天動地的大事件了。

明代章回小說《封神演義》第一回「紂王女媧宮進香」寫道：「紂王正看此宮殿宇齊整，樓閣豐隆，忽一陣狂風，捲起幔帳，現出女媧聖像，容貌端麗，瑞彩翩躚，國色天姿，婉然如生；真是蕊宮仙子臨凡，月殿嫦娥下世。……紂王一見，神魂飄蕩，陡起淫心。自思：朕貴為天子，富有四海，縱有六院三宮，並無有此豔色。王曰：『取文房四寶。』侍駕官忙取將來，獻與紂王。天子深潤紫毫，在行宮粉壁之上作詩一首：『鳳鸞寶帳景非常，盡是泥金巧樣妝。曲曲遠山飛翠色；翩翩舞袖映霞裳。梨花帶雨爭嬌豔；芍藥籠煙騁媚妝。但得妖嬈能舉動，取回長樂侍君王。』」商紂王這種輕薄的行為，自然引起了女媧娘娘的憤怒：「娘娘猛抬頭，看見粉壁上詩句，大怒罵曰：『殷受無道昏君，不想修身立德以保天下，今反不畏上天，吟詩褻我，甚是可惡！我想成湯伐桀而王天下，享國六百餘年，氣數已盡；若不與他個報應，不見我的靈感。』」隨即，女媧娘娘派了千年狐狸、九頭雉雞、玉石琵琶三個妖精去壞商紂王的天下。娘娘曰：「三妖聽吾密旨：成湯望氣黯然，當失天下。鳳鳴岐山，西周已生聖主。天意已定，氣數使然。你三妖可隱其妖形，託身宮院，惑亂君心；俟武王伐紂，以助成功，不可殘害眾生。」商紂王一首用意輕薄的作品，居然斷送了成湯六百年江山，這真可謂是戲言招巨禍了。

調戲輕薄的言行固然可能招來巨禍，但有時也能導致一段美好姻緣。《生綃剪》第五回《七條河蘆花小艇，雙片金藕葉空祠》對於書生輕薄女神的結局作出了另一種格調的描寫。(《生綃剪》一書乃多人創作，「七條河」一篇的作者是「浮萍居士」。)該篇寫書生袁青霞有著特殊的情調，終至發展到戲侮女神塑像：「原來這個七娘子，是這七條河上一個女神。十年前，袁青霞為探親苕上，經過於此，泊舟宿歇。正是上元燈夜，祠中花燈最盛，遊觀士女最多。青霞也上崖入祠遊玩。未幾，遊人盡散，花燈亦撤。一祠明月，靄然籠罩。青霞近睹女神之像，見他豔逸非常，遂扒在臺上，捧了這個泥塑女神，親了一個嘴兒，口裏念道：『形驅若不仙凡隔，打疊衾裯夢裏來。』題罷，不覺的欣欣自樂，就除那臂上幼時所繫的雙片南金掛在帳上，向女沖道：『小生袁曉，藉此燈月為媒，贈卿作記。』」後來，青霞與七娘子竟做了一番夢中情侶。醒來後，青霞大徹大悟，雲遊訪道而去。這篇擬話本小說大致上是將《花月新聞》的模式與唐人沈既濟小說《枕中記》的模式相結合，才寫出這「情了為佛」的故事。

唐宋傳奇的片斷描寫影響明清小說創作的例子還有不少，如薛用弱《集異記·汪鳳》中一段描寫對《水滸傳》開篇洪太尉誤走妖魔大有影響，再如高彥休《闕史·薛氏子》、馮翊子《桂苑叢談·張祜》以及《洛陽縉紳舊聞記·白萬州遇刺客》中假豪俠而為欺騙事，則共同對《儒林外史》中婁家兄弟和馬二先生的故事產生影響。

四、基本構思

有些唐宋傳奇作品的基本構思，對明清小說的創作亦有極大的啟發，有的甚至形成一種「母題」形式。如《瀟湘錄·王常》寫一豪俠遇到神仙而得法術，並以此經世致用，這對明清章回小說方汝浩之《禪真逸史》和李百川之《綠野仙蹤》等作品的基本構思產生了較大的影響。

諸如此類在基本構思方面對後世作品產生影響的情況在唐宋傳奇中大量存在。因涉及一部作品的基本構思，無法例舉原文，只好將相關的作品羅列如下：

李朝威《柳毅傳》和裴鉶《傳奇・張無頗》對《聊齋誌異・西湖主》均有影響，李玫《纂異記・劉景復》對《聊齋誌異・畫壁》的影響，陳翰《異聞集・獨孤穆》對《聊齋誌異・聶小倩》的影響，王仁裕《玉堂閒話・劉崇龜》對《聊齋誌異・胭脂》的影響。

錢易《烏衣傳》中異國之遊乃《鏡花緣》前半部藝術構思之源頭，呂夏卿《淮陰節婦傳》中謀殺朋友而奪其妻最終女子報仇的構思則影響了雷燮《奇見異聞筆坡叢脞・池蛙雪冤錄》、張應俞《杜騙新書・青蛙露出謀娶情》和《歡喜冤家・陳之美設計騙多嬌》等多篇小說，《夷堅志・王從事妻》乃《石點頭・王孺人離合團魚夢》之本事，羅燁《醉翁談錄・伴喜》乃《歡喜冤家・香菜根喬裝奸命婦》之本事，宋代佚名《葦航紀談・漆匠章生》乃《西湖二集・天台匠誤招樂趣》之本事，羅大經《鶴林玉露・玉山知舉》即《石點頭・感恩鬼三古傳題旨》之源，周密《齊東野語・吳季謙改秩》乃《西遊記》陳光蕊被害及「江流兒」故事藍本，《夷堅志・張客奇遇》影響了王同軌《耳談・穆小瓊》與《醉醒石》第十三回《穆瓊姐錯認有情郎，董文甫枉做負恩鬼》。

五、細微末節

唐宋傳奇不僅在整體構思方面極大地影響了明清小說創作，即便在看似無關緊要的細微末節處，我們亦可感覺到前者對後者無微不至的「關照」。

我們先來看看《夷堅志・半山兩道人》中的一段描寫：「遂約聯詩句，要疊字三個，而續以七言一句。黃衣曰：『覺覺覺，三個葫蘆一個藥。』青衣曰：『喜喜喜，一團秋水清無底。』胡曰：『悅悅悅，日月星辰無間別。』因更迭酬詠不止。」看到這樣的絕妙好辭，讀者們會很快聯想到《紅樓夢》中薛蟠等人的「女兒悲」、「女兒愁」、「女兒喜」、「女兒樂」的更加絕妙的好辭吧。

再如周密《齊東野語・沈君與》中寫二士人作「螃蟹詩」相互嘲諷：「時賈收耘老隱居苕城南橫塘上，沈嘗以詩遺之蟹曰：『黃秔稻熟墜西風，肥入江南十月雄。橫跪蹣跚鉗齒白，圓臍吸脅鬥膏紅。齏鬚園老香研柚，羹藉庖丁細擘蔥。分寄橫塘溪上客，持螯莫放酒杯空。』耘老得之，不樂曰：『吾未之識後進輕我。』且聞其不羈，因和韻詆之云：『彭越孫多伏下風，蝤蛑奴視敢稱雄。江湖縱養膏腴紫，鼎鑊終烹爪眼紅。嘲稱吳兒牙似鍍，劈慚湖女手如蔥。獨憐盤內秋臍實，不比溪邊夏殼空。』」這種嘲諷式的吟詠，使人情不自禁想起《紅樓夢》中薛寶釵之「螃蟹詩」，不過那裡換成了冰雪美人對世情的嘲諷而已。

諸如此類的例子俯拾皆是。如劉斧《青瑣高議・程說》篇中有「赤髮短臂鬼」，而《水滸傳》中則有「赤髮鬼」。如宋代佚名《開河記》中有「銅汁灌之口，爛其腸胃」，章炳文《搜神秘覽・孔之翰》中亦有相近描寫，至《聊齋誌異・續黃粱》則述之更詳：「少間，取金錢堆階上，如丘陵。漸入鐵釜，熔以烈火。鬼使數輩，更以杓灌其口，流頤則皮膚臭裂，入喉則臟腑騰沸。」《夷堅志・楊靖償冤》中有「花石綱」及「行賄」事，這自然讓人想起《水滸傳》中楊志的遭遇。

唐宋傳奇對明清小說創作的影響是巨大的，以上所言，僅僅是其中一些最為明顯的例證。還有很多隱形例證，只有待來日再作專門的探討。

（原載《明清小說研究》2008 年第三期）